EL HEREDERO DESCONOCIDO

JULES BENNETT

W9-DAS-555

HARLEQUIN™

Editado por Harlequin Ibérica.
Una división de HarperCollins Ibérica, S.A.
Núñez de Balboa, 56
28001 Madrid

I.S.B.N.: 978-84-687-6623-2
Depósito legal: M-18790-2015
Impresión en CPI (Barcelona)
Fecha impresion para Argentina: 15.2.16
Distribuidor exclusivo para España: LOGISTA
Distribuidor para México: CODIPLYRSA
Distribuidores para Argentina: Interior, DGP, S.A. Alvarado 2118.
Cap. Fed./Buenos Aires y Gran Buenos Aires, VACCARO HNOS.

Capítulo Uno

Aquel varonil aroma, la fuerza de aquellos brazos, el sólido pecho sobre el que reposaba su mejilla... Habría reconocido a aquel hombre en cualquier sitio. Lo había observado cruzar los prados, había hecho el amor con él...

Lily Beaumont logró despertar y se dio cuenta de que no tenía ni idea dónde estaba.

Descansaba en una cama de paja y estaba cobijada en los brazos de Nash James, que la sujetaba por la cintura. ¿Qué había pasado?

–Tranquila. Te has desmayado.

Lily alzó la mirada hacia los hipnóticos ojos azules rodeados de densas pestañas de Nash, que siempre conseguían estremecerla. Ninguno de los hombres con los que había compartido la pantalla le había resultado tan irresistible ni tan misterioso.

¿Se había desmayado? Claro. Iba hacia los establos para hablar con Nash...

Recordar hizo que la cabeza le diera vueltas y se la sujetó con las manos.

–No te muevas, no hay prisa. Todo el mundo se ha ido –dijo él.

Se refería a que el resto de los actores y del equipo de rodaje se habían retirado al hotel o a sus cara-

3

vanas. Eso la libraría de tener que dar explicaciones del desmayo.

Hacía un par de meses había empezado una película sobre la vida de Damon Barrington, un exitoso criador de caballos y afamado empresario. La propiedad de Barrington se había convertido en su hogar temporal, y pronto, el callado y discreto mozo de cuadra encima de quien descansaba, había llamado su atención.

Casi de inmediato, habían iniciado una relación secreta, que había conducido a aquel momento en el que estaba a punto de dejar caer una bomba en la vida de Nash.

—Nash —alzó la mano hacia la mejilla de este y sintió la familiar aspereza de su corta barba—. Lo siento.

Él frunció el ceño y su hermoso rostro de piel tostada adquirió una expresión preocupada.

—No te has desmayado a propósito.

Lily tragó saliva mirando al hombre cuya belleza lograba que una mujer lo olvidara todo, incluso que llevaba a su hijo en el vientre.

—¿Estás bien? —preguntó él, escrutándola—. ¿Necesitas comer algo?

La mera mención a la comida le provocó náuseas a Lily. Hizo ademán de incorporarse pero Nash le pasó el brazo por los hombros.

—Espera. Deja que te ayude.

Nash la ayudó a alzarse sin separarla de su cuerpo. Con sus fuertes brazos la rodeó por la cintura y Lily tuvo la tentación de buscar en ellos el apoyo que le prestaban. No tenía ni idea de cómo reaccionaría Nash. Ella misma estaba todavía recuperándose del golpe, pero él tenía el derecho de saberlo. En cierto sentido, un bebé no alteraría su vida en la misma medida que la de ella…

Ya había superado situaciones difíciles en el pasado y había rehecho su imagen después de un escándalo público. ¿Cómo actuaría Nash cuando se convirtiera en foco de atención de la prensa?

Lily gimió. Cuando se supiera la noticia, la prensa actuaría como una bandada de buitres y convertirían su vida privada en titulares.

Lily adoraba ser actriz, pero no soportaba la pérdida de privacidad que acarreaba. Ella se enorgullecía de ser una profesional, de hacer su trabajo lo mejor posible y de mantener a la prensa a distancia en la medida de lo posible.

–¿Estás mejor? –preguntó Nash, rozándole la mejilla con su aliento.

Lily asintió al tiempo que retrocedía, y al instante echó de menos el calor de su cuerpo.

A los largo de los últimos meses se había hecho adicta a sus caricias hasta el punto de que lo añoraba en cuanto no estaba a su lado. Debía haberse dado cuenta de que estaba perdiendo la cabeza por aquel hombre. Su pasión la había arrastrado a un universo desconocido. ¿Cómo podía resistirse a un hombre que cuando la miraba parecía poder ver su alma?

Pero todas aquellas noches secretas entregados al placer habían tenido consecuencias que, inevitablemente, los obligaban a asumir que ya no se trataba solo de una relación sexual, sino que tenían que hablar del futuro. Un futuro que jamás hubiese esperado compartir con aquel hombre.

Dándole la espalda, Lily pensó en cómo contárselo, pero no se le ocurría cómo suavizar la noticia de que iba a ser padre.

–Nash…

Él la tomó por los hombros, la hizo girarse y tomó su rostro entre las manos. Antes de que Lily pudiera escapar de su hipnótica mirada, la besó.

Aquella era la esencia de su relación: la pasión, el deseo, la ropa cayendo al suelo al instante.

Que su relación fuera un secreto hacía que sus encuentros fueran mucho más excitantes. ¿Quién iba a imaginar que «la vecina de al lado», como la describían, tenía una faceta salvaje? Quizá lo habían sospechado por un escándalo del pasado, pero desde entonces Lily había recuperado su trono de niña buena. Desde luego que nunca había sido tan apasionada con un hombre. Y mucho menos con el sinvergüenza que la había utilizado y explotado al comienzo de su carrera.

Antes de ser conocida, se había enamorado de otro aspirante a actor que la había engañado filmando sus momentos más íntimos y publicándolos. Después del escándalo, Lily había tenido que luchar para alcanzar la posición que ocupaba en aquel momento.

Nash la abrazó y Lily se entregó al beso inerme, al tiempo que alzaba las manos hasta su sólido pecho.

Nash apoyó la frente en la de ella y susurró:

–¿Seguro que estás bien? ¿Ya no estás mareada?

–Estoy perfectamente –dijo ella, asiéndose a su camisa.

Nash le mordisqueó los labios.

–Te he echado de menos. No aguantaba verte en brazos de Max.

A Lily la recorrió una corriente que se le extendió desde el vientre por todo el cuerpo. Aquella expresión de celos por parte de Nash le gustó más de lo que debería, teniendo en cuenta que su relación era algo pasajero.

–Estábamos actuando –dijo ella–. Se supone que somos una pareja enamorada.

Lily había querido interpretar a la fallecida Rose Barrington desde que supo que se iba a hacer una película sobre el matrimonio. Y tener como protagonista a Max Ford era perfecto. Max y ella eran buenos amigos desde hacía años.

Nash empezó a bajarle el vestido.

–Si no fuera porque Max está casado y con un bebé, pensaría que quiere conquistarte.

La palabra «bebé» devolvió a Lily a la realidad. Tomó las manos de Nash y retrocedió un paso.

–Tenemos que hablar.

–Suena a que quieres romper –dijo Nash, entornando los ojos y forzando una sonrisa–. Ya sé que nunca hemos hablado de exclusividad. No te tomes en serio mi broma sobre Max.

–No pensaba que fueras celoso. Sé bien lo que hay entre nosotros.

–Querida, claro que estoy celoso –Nash la estrechó contra sí–. Ahora que te conozco, no quiero que te toque ningún otro hombre.

–Y yo no puedo pensar cuando tú me tocas –dijo Lily, retrocediendo de nuevo para conseguir mantener la cabeza fría.

Lily se pasó la mano por el cabello, intentando encontrar las palabras adecuadas. Desde que aquella mañana había confirmado que estaba embarazada, había mantenido numerosas conversaciones en su mente, pero en aquel momento, los nervios la consumían.

–Nash…

Este frunció el ceño.

–¿Qué pasa? Si te preocupa lo que vaya a pasar, debes saber que no espero nada de ti.

–Ojalá fuera tan sencillo –musitó Lily, mirando al suelo.

–Lily, dímelo. No puede ser tan grave.

Ella lo miró a los ojos y dijo:

–Estoy embarazada.

Sí era grave. ¿Embarazada? Nash pensó que también él iba a desmayarse. Miró a Lily sabiendo que no mentía. Después de todo, no ganaba nada haciéndolo, no podía interesarle nada que él pudiera ofrecerle. No conocía su verdadera identidad o hasta qué punto aquello podía convertirse en perfecto material para un chantaje.

Para todos, incluida Lily, no era más que un

mozo de cuadra. No tenían ni idea de la verdadera razón por la que había aparecido en la propiedad de Barrington.

¿Y en medio de todo eso, un bebé? ¡Qué manera de cerrarse el círculo!

—¿Estás segura?

—Completamente —contestó ella, abrazándose la cintura—. Lo he confirmado esta mañana.

Aquello ponía un freno a sus planes en Stony Ridge Acres. Y en su vida. Nash no tenía nada en contra de los bebés, pero había imaginado que sucedería más adelante, cuando tuviera una esposa.

—No sé qué decir —Nash se pasó la mano por el cabello, que llevaba más largo de lo que acostumbraba.

Lily lo miraba como si esperara que se enfureciera o que negara que el niño fuera suyo.

—Es tuyo —dijo Lily, adelantándose a esa posibilidad.

—Creía que usabas algún método anticonceptivo.

—Así es, pero no son seguros al cien por cien. Supongo que pasó el único día que…

—No usamos preservativo.

Nash recordó la ocasión en la que había olvidado meter uno en la cartera y cómo habían decidido seguir adelante a pesar de ello.

Preguntas, emociones, posibles escenarios se agolparon en su mente. ¿Qué sabía él de la paternidad? Solo sabía cuánto había trabajado su madre para mantenerlo en un austero apartamento sin que jamás se quejara o se mostrara preocupada. Era

9

la mujer más valiente y decidida que conocía. Esas características, que él había heredado, le permitirían seguir adelante. No abandonaría a su hijo, pero debía cumplir su plan.

–No voy a pedirte nada, Nash –dijo Lily como si no aguantara el silencio–. Pero he pensado que debías saberlo. Depende de ti si quieres o no formar parte de la vida del bebé.

Secretos, bebés ocultos. El destino parecía reírse de Nash, presentándole una encrucijada. Lo que había empezado como un romance se había convertido en algo más profundo, que lo ataba de por vida. No podía seguir pretendiendo ser quien no era, y al mismo tiempo no podía desvelar su identidad.

Quería darles a Lily y a su hijo lo mejor. Aunque ella tenía una desahogada situación económica, él quería tener un papel central en la vida de su hijo. ¿Cómo iba a hacerlo sin que Lily averiguara quién era?

–No voy a dejarte sola, Lily –Nash apoyó las manos en sus hombros–. ¿Cómo te encuentras? Supongo que te has desmayado por el embarazo.

–Estoy bien, aunque con náuseas. Pero es la primera vez que me desmayo –Lily sonrió–. Me alegro de que me hayas recogido.

–Yo también.

Nash la besó en busca del bienestar que siempre le proporcionaba. La atracción que sentía por ella no tenía nada que ver con que fuese famosa o una de las mujeres más hermosas de Hollywood. Lily era natural y él la admiraba por ello, pero además era sexy y la mejor amante que había tenido en su vida. Y su mutuo deseo no disminuía. Lily era tan apasionada, tan perfecta, que nunca se saciaba de ella.

Había intentado dejarla al margen de sus turbios asuntos y mantener la relación a un nivel puramente físico. Sin embargo, era inevitable que averiguara la verdad sobre él. Por eso mismo tendría que posponer el momento y valorar sus distintas opciones cuidadosamente, porque aparte de Lily y su bebé, tenía que tener en cuenta a otra familia.

Retrocediendo, miró a Lily y pensó en lo vulnerable que estaba, y se dio cuenta de que, hiciera lo que hiciera, el desenlace sería el mismo. Una vez Lily supiera quién era, lo rechazaría. Pero no se libraría de él por más que lo odiara, puesto que pensaba formar parte de su vida.

—Vamos a tu caravana para que recojas tus cosas. Quiero que vengas a vivir conmigo.

Lily se cruzó de brazos.

—¿Por qué iba a hacer eso?

—Para que pueda cuidar de ti.

Lily soltó una carcajada.

—Estoy embarazada, Nash, no enferma. Además, ¿cómo voy a explicar que me mudo contigo si nadie sabe que tenemos una relación?

—Me da lo mismo lo que piensen —Nash se encogió de hombros—. Me preocupa tu salud y nuestro bebé.

—A mí sí me importa —prácticamente gritó Lily, bajando los brazos—. La prensa está deseando publicar algo escandaloso sobre mí.

Era cierto que quizá estaba pensando egoístamente, pero aun así, Nash se negaba a que se enfrentara a aquella situación sola. Solo pensar en que su madre había estado en aquella misma posición en el pasado, le ponía un nudo en el estómago.

–Muy bien. Me mudaré yo contigo.

Lily enarcó una ceja y ladeó la cabeza.

–Nash, estoy perfectamente. Solo voy a dormir y trabajar.

–Eso es lo que me preocupa –replicó Nash–. Estás cansada porque trabajas mucho, y más ahora que os acercáis al final de la película.

–No puedo dejar el trabajo.

Los caballos se agitaron a su espalda, el sol proyectaba un resplandor anaranjado por la puerta entreabierta del establo. En aquel escenario de serenidad y calma, Nash sentía una tormenta interior.

–¿Y cuando acabes de rodar? ¿Qué harás?

Nash necesitaba conocer los planes de Lily. Él no estaba preparado para formar una familia, y puesto que vivían en extremos opuestos del país, tendrían que encontrar la manera de participar ambos en la vida de su hijo.

Lily se retiró el cabello del rostro, se alejó unos pasos y suspiró.

–No lo sé, Nash.

Tendrían que decidirlo más adelante. Por el momento, Nash necesitaba seguir con su plan original. Había espiado lo suficiente y averiguado lo bastante como para haber decidido cuál sería su siguiente paso.

Había adoptado una nueva personalidad por razones profesionales y personales. Pero la fundamental era conseguir los caballos de Damon. Eran la última pieza que necesitaba para el establo que llevaba años creando. Y removería el cielo y la tierra para hacerlos suyos.

Observó la expresión preocupada de Lily, su vientre todavía plano, y se dio cuenta de que, aunque la verdad que había acudido a desvelar a Stony Ridge no tenía nada que ver con ella, Lily y el bebé sufrirían las consecuencias.

Todo lo que tenía que hacer era conseguir que Damon le vendiera los caballos, volver a su propiedad y mantener a su hijo en su vida.

Una monumental carrera de obstáculos.

Capítulo Dos

Lily había perdido la batalla a medias. Aunque no se iba a mudar con Nash, este había insistido en acompañarla. Y Lily suponía que pensaba pasar la noche con ella.

Temía que los descubrieran y por eso Nash siempre se iba a los establos al amanecer. Lily no quería que pensara que se avergonzaba de él, pero desafortunadamente, su reputación estaba siempre en peligro por el escándalo que había protagonizado en el pasado.

Nash sabía del vídeo de contenido sexual que se había filtrado a la prensa y de lo obsesiva que era con su privacidad. Como él era también muy celoso de su intimidad, mantener su romance en secreto les había resultado conveniente a ambos.

Afortunadamente, el servicio de seguridad mantenía a distancia a la prensa, pero aun así, Lily estaba siempre alerta.

–Relájate –Nash le apretó la mano–. Nadie puede vernos en la oscuridad.

Aunque era verdad, Lily se sentía más segura en la buhardilla sobre los establos de Nash que caminando hacia su caravana en el silencio de la noche.

Antes de descubrir que estaba embarazada, Lily

había decidido hablar con Nash sobre sus sentimientos, que se habían hecho más profundos de lo que había calculado. Habían acordado que lo suyo era solo algo físico y temporal, pero su corazón se había visto implicado. Aquel no era el momento de hablarlo. No quería que Nash pensara que quería un marido para evitar el escándalo del bebé.

Tenía que admitir que le había conmovido lo protector que se había puesto en cuanto supo la noticia. Desde el primer momento le había gustado que irradiara poder y autoridad. Su padrastro también había sido un hombre con poder, que usaba su dinero para conseguir lo que quería. Nash era distinto. Por eso lamentaba que se encontraran ante un compromiso de por vida cuando apenas se conocían. Una cosa era que fueran compatibles en la cama y otra, que su relación pudiera funcionar en el mundo en el que ella vivía.

Cuando entraron en la caravana, Nash cerró la puerta con llave. El reducido espacio hacía que Nash resultara más corpulento y dominante de lo que era, y un escalofrío de deseo recorrió a Lily al ver que la miraba con una expresión que había aprendido a reconocer.

–Deberíamos hablar –empezó, consciente de que al aceptar que la acompañara había perdido el control de la situación–. No quiero que creas que te he querido atrapar.

–Ya lo sé –Nash se acercó a ella hasta que sus torsos se rozaron–. También sé que te deseo. Saber que estás embarazada no ha hecho que eso cambie.

Bastaba una mirada de Nash para que Lily dejara de pensar y todo su cuerpo despertara. Y sabía que ella le devolvía una mirada igualmente apasionada.

—No deberíamos hacer esto —dijo Lily cuando Nash empezó a bajarle el top elástico del vestido.

—Puede que no —dijo Nash sin detenerse—, pero no puedo contenerme —atrapándola con la mirada, concluyó—: A no ser que te avergüences de que el mozo de cuadras esté en tu caravana.

Lily posó sus manos sobre las de Nash.

—Jamás te he hecho sentir que me avergonzara. Lo único que me importa es que seamos discretos. No te oculto nada más.

Lily creyó ver que el rostro de Nash se ensombrecía, pero solo duró una fracción de segundo.

—No puedo resistirme a ti —susurró Lily—. ¿Cómo es posible que la atracción siga siendo tan fuerte?

Nash le besó el cuello y ella echó la cabeza hacia atrás. Adoraba la corriente que la recorría en cuanto sentía el cosquilleo que le provocaba su barba.

—Porque la pasión es una emoción muy fuerte —dijo él, ascendiendo por su cuello hacia su boca—. Y lo que hay entre nosotros es demasiado poderoso como para ponerle nombre.

En segundos, le bajaba el vestido hasta el suelo y Lily lo retiraba con un pie al tiempo que Nash le quitaba el sujetador y las bragas.

Luego se quitó la camiseta y la tiró al suelo. Sus músculos cincelados bajo un suave vello oscuro no se conseguían en un gimnasio; eran los músculos de un hombre de campo.

–Me encanta cómo me miras –masculló él a la vez que la levantaba por la cintura y la llevaba hacia la cama.

Después de dejarla, empezó a quitarse el cinturón. Lily se preguntó si no debían estar hablando del bebé, del futuro, pero en cuanto él se echó sobre ella, amoldándose a la perfección a su cuerpo, dejó de pensar para solo sentir.

Nash tenía razón, la palabra pasión no describía adecuadamente la intensidad de lo que compartían. Nunca habían pensado más allá de eso. Pero lo cierto era que Lily habían acabado sintiendo algo por Nash que no creía que volviera a sentir por ningún otro hombre. Aun así, no sabía si podía confiar en unas emociones que brotaban de una relación secreta.

Dándose por vencida y abandonando cualquier intento de racionalidad, Lily recorrió la espalda de Nash con las manos al tiempo que él se colocaba entre sus muslos. Al penetrarla, reclamó su boca y ella se rindió. Cada instante con aquel hombre le hacía sentir cosas que no había sentido antes.

Nash le cubrió los senos con las manos y ella se arqueó contra ellas. En un instante su centro respondía, endureciéndose a medida que Nash se movía en su interior.

Tras seguirla adonde ella lo condujo, y una vez sus cuerpos dejaron de temblar, Nash la acomodó bajó las sábanas y contra su costado.

–Descansa, Lily –dijo, apagando la luz–. Mañana hablaremos.

¿Creía que iba a convencerla de que se mudase con él? Aunque aquel estilo autoritario le resultara excitante, Lily no pensaba dejar que Nash tomara todas las decisiones. Ella seguía al mando de su vida. Y aunque Nash le gustara mucho, en unas semanas acabaría la película y ella volvería a Los Ángeles.

¿Qué opciones tenían?

Al salir de la caravana de maquillaje, vio a su nuevo agente salir de una de las casas de los Barrington. Ian había acudido al rodaje para convencerla de que firmara con su agencia, y lo había conseguido. Pero además, se había enamorado de Cassie, una de las guapas hermanas Barrington.

Saludó con la mano y fue hacia Lily a la vez que esta se decía que tendría que explicarle pronto su situación, puesto que Ian le había hablado de varios guiones a los que quería que echara un ojo. Era una lástima que en ninguna de las películas quisieran a una heroína embarazada.

–¿Tienes un segundo? –preguntó él.

–Claro. No tengo que pasar por vestuario hasta dentro de un rato.

–Ayer me llegó un gran guion –Ian sonrió–. Sé que solo hemos trabajado juntos unas semanas, pero me has dicho que quieres probar algo más arriesgado de lo que te has hecho hasta ahora. ¿Es así?

–Depende del papel y de quién sea el productor –dijo Lily, encogiéndose de hombros.

–¿Qué te parecería hacer de una corista que además es madre soltera?

Lily se quedó paralizada.

–Eso sería muy distinto a lo que he hecho hasta ahora.

¡Qué increíble coincidencia! Para cuando empezaran a rodar, su figura no sería la misma. Y en cuanto a ser madre soltera... Nash había dicho que no la abandonaría, pero quizá cuando fuera plenamente consciente de lo que ello implicaba...

–¿Lily, estás bien? –preguntó Ian con gesto preocupado–. Te aseguro que el guion es muy bueno. Aiden O'Neil será el protagonista masculino.

Aiden era un gran actor y una magnífica persona, y trabajar con él sería un placer. Pero ¿cómo iba a comprometerse a un papel que, con toda seguridad, exigiría horas de ejercicio para poner su cuerpo en forma?

Lily miró por encima del hombro de Ian y descubrió a Nash, que los observaba desde el establo.

Ian se giró y volvió a mirar a Lily.

–No sé por qué seguís escondiendo lo que hay entre vosotros.

–¿Disculpa? –dijo Lily, alarmada.

–No voy a decir nada –comentó Ian, sonriendo–, y quizá nadie más se haya dado cuenta.

–¿Qué crees saber?

–Os vi un día abrazados. No dije nada porque sé lo celosa que eres de tu intimidad y porque pensé que no era asunto mío lo que hicieras en tu tiempo libre.

Lily pensó que era afortunada de que los hubiera visto Ian. Como ella, su agente querría evitar cualquier noticia que pudiera perjudicarla.

–Para serte sincera, no sé qué hay entre nosotros. Pero preferiría que quedara entre tú y yo.

Ian sonrió

–No te preocupes, Lily, tu secreto está a salvo conmigo.

Lily pensó que tenía más secretos, pero no quería compartir el del embarazo hasta hablar con Nash. Era difícil plantearse qué tipo de relación podían establecer cuando ninguno de los dos estaba preparado para algo permanente.

–¿Seguro que estás bien? –preguntó Ian.

Dedicándole una de sus mejores sonrisas, Lily se volvió hacia la caravana de vestuario.

–Perfectamente. Deseando poder relajarme en cuanto terminemos el rodaje.

–Muy bien, cuando tengas un momento, ven a verme para que te dé los guiones –Ian la acompañó–. También tengo un papel de ciencia ficción, que implica mostrar mucha piel: las mujeres solo llevan la parte de arriba de un biquini y una falda muy corta.

Lily tuvo que reprimir un quejido. Acababa de descubrir que estaba embarazada y ya se encontraba en la posición de elegir entre su carrera y su vida privada.

¿Cómo podría compaginar las dos cosas una vez naciera su bebé? Cuando la gente supiera que estaba embarazada, no podría seguir ocultando su relación con Nash, ni esconder de él sus sentimientos. Pronto, su relación, fuera la que fuera, estaría expuesta al público.

Lily temía tener por delante una carrera cuya meta fuera un corazón roto.

Había pasado la media noche y Lily no había ido a verlo.

Nash apagó la luz y cruzó la propiedad hacia la caravana de Lily, diciéndose que solo quería asegurarse de que estaba bien porque se negaba a admitir que cada vez sentía algo más profundo por ella.

Antes de llamar a la puerta se aseguró de que no había nadie en las inmediaciones. Al no recibir respuesta, probó a abrir y descubrió, sorprendido, que estaba abierta.

–Deberías cerrar con llave –dijo, entrando–. Podría haber entrado cualquiera.

Lily estaba sentada en la mesa, rodeada de papeles. Cuando alzó el rostro, las lágrimas rodaban por sus mejillas.

Nash cruzó el pequeño espacio, aterrorizado.

–Lily, ¿qué pasa? ¿Es el bebé?

Ella se pasó las manos por su largo cabello negro y sacudió la cabeza.

–No, no. El bebé está bien.

Nash sintió un alivio momentáneo, pero algo no iba bien. Nunca había visto a Lily tan angustiada.

–Entonces, ¿qué es? –preguntó Nash, sentándose a su lado en el estrecho banco.

–Todo esto –dijo ella, indicando con la mano los papeles–. Tengo delante el futuro de mi carrera, y no sé qué hacer. Me encuentro en una encrucijada, Nash, y estoy asustada.

Nash la estrechó en sus brazos. Había llegado a acostumbrarse a sentir el menudo cuerpo de Lily contra el suyo. A lo que no estaba acostumbrado era a consolar a una mujer, o a hablar de sentimientos más allá de los superficiales. Odiaba sentirse fuera de su terreno. Y aún odiaba más correr el riesgo de ser descubierto cuando todavía no estaba preparado.

Pero por encima de todo, odiaba mentir a Lily. No se merecía verse atrapada en aquella telaraña de engaños y mentiras, pero su embarazo lo convertía en inevitable. El plan estaba en marcha, y él no se iría sin los caballos, ni antes de revelar su identidad a Damon Barrington.

Pero Lily y su hijo se habían convertido en su preocupación inmediata. Hasta entonces todo había sido tan sencillo... Pero en el futuro inmediato, la vida de Lily estaría condicionada por su bebé y él tenía que hacer lo posible para que todo fuera lo mejor posible. Y no tenía ni idea de cómo conseguirlo.

La angustia lo asaltó al imaginar lo parecido que habría sido el proceso de su madre. Pero ella había estado sola. Él nunca permitiría que Lily sintiera que no tenía nadie en quien apoyarse ni que tuviera que batallar como madre soltera, haciendo malabares con su carrera y su bebé. Un bebé que también era suyo y al que él no iba a abandonar. ¿Amaba a Lily? No. Él no creía en el amor. Pero tenía que asegurarse de que, una vez averiguara la verdad, Lily no lo rechazara ni se negara a verlo.

Nash sabía que Lily despreciaba a los mentirosos, sabía que un hombre la había traicionado en el pasado. Tendría que confiar en que viera que las circunstancias eran muy distintas.

—¿Qué tienen esos papeles para haberte disgustado tanto? —preguntó.

Lily reposó una mano en el muslo de Nash.

—Son guiones que me ha dado Ian para la próxima película. Está encantado porque es la primera que vamos a hacer juntos, pero no voy a poder hacerla hasta que tenga el bebé, y eso si recupero la figura. Hollywood es muy cruel con los kilos de más.

Nash calló su opinión sobre la absurda idea de belleza de Hollywood.

—¿Por qué no le dices a Ian que no te gustan?

Pensativa, Lily trazó un dibujo con el dedo en el pantalón de Nash.

—Tengo que contarle lo del bebé. Mi carrera debe pasar a un segundo plano. Solo confío en poder retomarla.

Nash sonrió y le retiró un mechón del rostro.

—No creo que esto sea el fin de tu carrera. Y seguro que Ian lo entiende.

Lily se frotó el rostro con las manos.

—Esta es mi vida. No sé hacer otra cosa. No tengo ni idea de cómo hacer de madre.

Lo mismo que Nash sabía de ser padre.

Lily se puso en pie y sacó una botella de agua del frigorífico. Nash la observó y lo invadió un primitivo sentimiento de protección. En aquella mujer sexy y vibrante pronto se manifestarían los signos de su romance secreto.

—No te tortures, Lily. Es mejor que te relajes.

Ella lo miró con fiereza.

—No necesito que vengas aquí a decirme cómo debo reaccionar. Mi vida es mía, Nash. Puede que tú seas el padre, pero tengo que tomar decisiones. No quiero…

Lily apartó la mirada y se mordió el labio. Nash vio un par de lágrimas asomar a sus ojos.

—No quieres que se entere la prensa —concluyó él por ella.

Lily asintió sin mirarlo. Nash fue hasta ella por detrás, la tomó por los hombros y la reclinó sobre su pecho.

—No se van a enterar, Lily —le rodeó la cintura con los brazos y descansó las manos en su vientre—. No permitas que empiecen los rumores. Seguro que tienes programadas varias entrevistas. Da la noticia tú y los dejarás desarmados.

Lily se giró en sus brazos y parpadeó para librarse de las lágrimas.

—Puede que eso sea lo mejor. Pero antes tengo que decírselo a mi madre.

Lily y Nash nunca habían hablado de sus respectivas familias porque era lo que uno hacía cuando estaba construyendo una relación y, hasta entonces, ellos solo habían estado pasándolo bien, sin pensar en el futuro. Sin embargo, el futuro les había tomado la delantera con un golpe de realidad e, inevitablemente, los deslizaba hacia el terreno de lo personal, que Nash debía evitar por todos los medios.

Lily podía hablar cuanto quisiera de su madre, pero él no revelaría nada.

—¿Tú madre también vive en Los Ángeles?

—No. Vive en Arizona, en su propio apartamento dentro de una comunidad acondicionada para personas mayores —Lily se cruzó de brazos y continuó—: Nadie sabe dónde está porque no quiero que la prensa la acose.

Que Lily protegiera a su madre era un motivo más para que Nash se sintiera próximo a ella. Él haría cualquier cosa por la suya. Ella era la única razón por la que mantenía su identidad en secreto en lugar de irrumpir en casa de Damon y poner todas las cartas sobre la mesa.

Una parte de él habría preferido enfrentarse al pasado directamente para poder dejarlo atrás, pero el deseo de proteger a su madre había sido mayor y le había hecho actuar con cautela.

La ironía de sus circunstancias era asombrosa. Él había sido un hijo secreto y Lily esperaba un hijo que, por el momento, debía permanecer en secreto.

—¿Vas a ir a ver a tu madre en cuanto acabe el rodaje? —preguntó.

Necesitaba que Lily se marchara para que no fuera testigo del momento en el que confesaba todas las mentiras que había dicho desde que la conocía. Aunque no pudiera impedir que finalmente lo supiera todo, al menos podía intentar suavizar el golpe.

—Necesito pensar —Lily suspiró—. Tengo que encontrar un médico. Lo lógico sería que fuera en Los Ángeles, pero no voy a volver hasta dentro de un tiempo.

—Yo te conseguiré uno —al ver que Lily lo miraba con escepticismo, Nash añadió—: Conozco a gente en la zona. Necesitas que te hagan un chequeo antes de ver a tu médico.

—Basta con que me des un nombre —dijo Lily—. Va a ser imposible que me vean entrar en una clínica sin que se extiendan los rumores.

La mente de Nash trabajaba a toda velocidad. Si decía demasiado, Lily se daría cuenta de que algo no se correspondía con su supuesta identidad y empezaría a sospechar. Debía seguir creyendo que era un simple mozo de cuadra.

—Podemos hacer que un médico venga a verte —sugirió—. Es fácil conseguir el silencio de alguien con dinero.

Lily abrió los ojos desmesuradamente.

—No pienso comprar el silencio de nadie. Yo sé bien cómo funcionan estas cosas, Nash. Solo necesitamos a alguien discreto.

Por su tono, Nash dedujo que Lily no quería que gastara dinero en ella porque no tenía ni idea de lo saneadas que estaban sus cuentas.

—Ya me ocupo yo. Tú no te preocupes de nada —dijo con firmeza.

Lily apoyó el hombro en la pared y lo miró fijamente.

—Eres un hombre sorprendente —dijo—. Por un lado pareces despreocupado y tranquilo, y por otro, práctico y organizado. No sé cuál de los dos es el verdadero Nash.

—¿Cuál de los dos crees que soy? —preguntó, obligándose a permanecer relajado.

Lily se encogió de hombros.

—No lo sé. Pero pareces más... poderoso y sereno respecto a lo del niño de lo que había esperado.

Nash dio un paso hacia ella y, tomándola por la cintura, dijo, insinuante:

—¿Quieres decir que en la buhardilla no me encontrabas suficientemente poderoso?

Lily apoyó la mano en su pecho.

—Claro que sí, pero no usabas un tono tan serio.

Nash bajó la mirada a sus labios y la volvió a sus ojos.

—Te aseguro que soy muy serio cuando se trata de alguien que me importa.

El temblor que sacudió a Lily reverberó en el cuerpo de Nash. Si no podía decirle nada de su vida real, al menos conseguiría usar su influencia para mantenerla cerca y asegurarse de que ella y su bebé estaban bien. Toda su vida estaba en juego.

Pero aunque Nash supiera que lo tenía todo en su contra, estaba decidido a salir victorioso y conseguirlo todo: los caballos, una familia y su bebé.

Capítulo Tres

–¿Cómo que no han aceptado la oferta? –Nash se había asegurado de que estaba solo cuando había visto que llamaba su asistente–.¿Qué hay que hacer para que me los venda? –preguntó en un susurro.

–Esa es la cuestión –contestó su asistente–. Puede que se los venda a otro comprador.

Nash sabía bien a lo que se refería. Damon y él llevaban un par de años compitiendo en la industria ecuestre. Por eso había negociado a través de su asistente y entre medias se había dejado crecer la barba y el pelo para poner en marcha su plan. Aun así Damon había rechazado todas sus ofertas, y eso que la última había sido exorbitante.

–Deja que piense en algo –dijo, volviendo hacia el establo–. Luego te llamo.

Al girar la esquina, el sol le cegó y tuvo que bajarse el ala del sombrero. Tenía que conseguir que Damon le vendiera los caballos. Él no aceptaba una negativa por respuesta.

Tomó la horqueta y fue a limpiar los compartimentos del fondo del establo. Tessa y Cassie se habían llevado dos de los caballos, lo que le dejaba un tiempo a solas para pensar.

Clavó la horqueta en un fardo de paja y lo cargó

en la carretilla. Echaba de menos trabajar en sus propios establos y con sus caballos, pero su mozo de cuadra estaba ocupándose de ellos y era un hombre de confianza.

Solo su asistente sabía dónde estaba y que estaba espiando a Barrington. Pero ni siquiera él estaba al tanto del secreto que Nash ocultaba. Nadie lo sabría hasta que llegara el momento de desvelarlo.

Si Damon ya lo odiaba, ¿cómo reaccionaría cuando supiera la verdad?

Para cuando terminó de limpiar el primer compartimento, el sudor le corría por la espalda. Nash se retiró el sombrero para quitarse la camiseta, la guardó en el bolsillo trasero del pantalón y volvió a cubrirse la cabeza. No se quedaba con el torso desnudo habitualmente, pero aquel día el calor era insoportable.

Solo le quedaba barrer el pasillo central, y aunque era un trabajo menor, volvió a sudar copiosamente. Sacó la camiseta del bolsillo y se secó la frente.

–¿Te has planteado alguna vez hacer de modelo para un calendario?

Nash se volvió y vio al objeto de sus deseos en la entrada al establo. El sol arrancaba destellos a su cabello y resaltaba sus sensuales curvas.

–¿Qué haces aquí?

–¿Has visto a Cassie?

–Ha salido a montar –Nash fue hacia Lily. Era un imán al que no podía resistirse–. ¿Estás bien?

–Sí. Estoy en un descanso y quería preguntarle una cosa.

–¿Te importaría ser más precisa? –preguntó él, cruzándose de brazos.

–Quiero saber qué médico la atendió durante su embarazo –susurró Lily.

–Yo sé quién es y he concertado una cita –Nash había recurrido a su asistente para que hiciera las averiguaciones precisas–. Iba a decírtelo esta noche.

Lily observó su torso con expresión de deseo y él susurró:

–Si sigues mirándome así, la gente va a saber más de lo que queremos.

Lily alzó la mirada al instante.

–No puedo ni pensar cuando te veo –masculló, bajando de nuevo la mirada a su pecho desnudo–. Gracias por arreglar lo del médico. ¿Cuándo viene?

–El jueves. Es una mujer.

–Fenomenal. Se supone que es el día que terminamos el rodaje.

–Hemos quedado en mi casa. Si alguien la ve prensará que viene a visitarme a mí.

–Ya veo que lo tienes todo controlado –dijo Lily, sonriendo–. Por esta vez te perdono, y si estuviéramos solos te demostraría lo agradecida que estoy.

Nash maldijo su cuerpo por reaccionar automáticamente.

–Cuando estemos solos te dejaré que me lo demuestres –musitó.

Al principio, tener que esconderse había sido divertido y excitante. Todavía seguía siéndolo, pero también había contribuido a que apenas supieran

30

nada el uno del otro. Él solo había estado pendiente de enfrentarse a su pasado y de asegurarse el futuro. Pero el futuro había cambiado drásticamente.

Lily era una mujer excepcional, pero eso no le hacía sentirse preparado para sentar la cabeza y formar un hogar. Una cosa era que hicieran una gran pareja en la cama y otra, la realidad del día a día.

–Hola, Lily.

Nash se volvió y vio a las dos hermanas Barrington entrar en el establo con sus caballos.

–Hola Cassie, Tessa –saludó Lily, rodeando a Nash para ir hacia ellas–. Tenía un descanso y he venido a veros.

Nash continuó con su tarea acompañado por el murmullo de fondo de las risas de las tres mujeres de su vida… aunque dos de ellas no tuvieran ni idea de hasta qué punto estaban relacionados.

Estaba metido en un buen lio y tenía que encontrar la manera de seguir adelante con sus planes antes de que le estallaran en las manos. Por más que le costara admitirlo, había llegado a sentir afecto por aquella familia. Había conocido a las dos hermanas y había visto el cariño con el que su padre las trataba. Los unían vínculos estrechos de amor y respeto, pero una vez venciera a Damon no estaba seguro de qué posición ocuparía él en el árbol familiar.

Empezar la mañana vomitando era espantoso. Era el último día de rodaje y Lily habría querido meterse en la cama.

Llegaba quince minutos tarde a la sesión de maquillaje y peluquería, algo raro en ella, que se enorgullecía de ser siempre puntual. Para ella su tiempo no era más valioso que el del resto de los profesionales.

Se puso gafas de sol para ocultar las ojeras y fue hacia la caravana. Pero tenía la mente ocupada por el bebé y por la creciente preocupación que sentía porque cada vez le resultaba más natural pensar en Nash y en ella como una pareja.

Lo malo era que no solo su mente, sino también su corazón, se inclinaban a favor de esa posibilidad. La reacción de Nash ante la noticia del bebé daba pruebas de una fortaleza mental y de un sentido de la responsabilidad que estaba aumentando la atracción que sentía por él. Era un hombre de muchas facetas y ansiaba conocerlas todas.

¿Querría también él conocerla mejor? ¿Podría soportar la vida pública a la que ella estaba expuesta? El cielo plomizo y la amenaza de lluvia eran un reflejo de su estado anímico. Aunque le emocionaba saber que una vida crecía en su interior, estaba harta de sentirse en una permanente montaña rusa.

–Venía a buscarte –dijo Ian, dándole alcance–. ¿Estás bien?

Lily tenía los ojos irritados por las lágrimas. ¿Estaba bien? La respuesta era «no». Estaba embarazada de un hombre al que apenas conocía, pero del que se estaba enamorando, y no tenía ni idea de cómo manejar las emociones que la dominaban.

–No me encontraba bien a primera ahora.

Ian la tomó por el codo suavemente para detenerla.

–Estás pálida. ¿Seguro que te encuentras mejor?

Lily se sorbió la nariz.

–No, pero se me pasará.

Ian frunció el ceño, miró alrededor para asegurarse de que no los oían, y dijo:

–¿Le ha pasado algo a tu madre?

–No, está perfectamente.

Lily deslizó los dedos por debajo de las gafas para secarse las lágrimas que empezaban a rodar por sus mejillas.

–Si estás enferma podemos retrasar la escena.

Lily no necesitaba horas, sino semanas o meses. Pero para entonces parecería una ballena y no podría interpretar a Rose Barrington.

Sacó un pañuelo y se sonó la nariz

–¿Tiene algo que ver con Nash? –preguntó Ian en un susurro.

Lily estalló en una histérica carcajada y no pudo contener el llanto. Ian debía pensar que había cometido un grave error al querer convertirse en su agente, así que Lily optó por decir la verdad en lugar de dejar que creyera que se había vuelto loca.

–Estoy embarazada.

Ian abrió los ojos desorbitadamente antes de darle un afectuoso abrazo.

–Asumo que es de Nash.

–No lo sabe nadie –dijo ella.

–¿Por eso no me has dicho nada de los guiones?

Lily asintió con la cabeza.

–No tengo ni idea de cómo será el embarazo ni de qué voy a hacer cuando nazca el bebé.

Ian posó las manos en sus hombros y, mirándola fijamente, dijo en tono tranquilizador:

–Eres una mujer fuerte, Lily. Tener hijos no significa que acabe tu carrera. Ese es mi trabajo, ¿de acuerdo?

–Gracias por ser tan comprensivo y por guardarme el secreto.

–Yo voy a ver a Nash, que no ha dejado de lanzarme miradas asesinas desde que nos has visto hablando. Diría que parece un hombre enamorado.

Lily no se molestó en aclararle que ese no era un tema del que hubieran hablado.

–Dile que iré a verle más tarde y que me encuentro bien –dijo, en cambio.

–De tu parte –dijo Ian, riendo entre dientes.

Ian fue hacia los establos y Lily se detuvo para mirar a Nash, que, incluso a aquella distancia parecía enfadado. Pero ella sabía que no se debía a los celos. ¿Por qué iba a estar celoso si no había ningún compromiso entre ellos?

Eso no significaba que ella no pudiera aspirar a más o decirle lo que sentía. Quería que su hijo se sintiera seguro del amor de sus padres, estuvieran o no juntos.

También ella tenía que decidir si estaba preparada para una relación a largo plazo.

***

Nash no fue consciente de lo nervioso que estaba hasta que se fue la doctora y Lily y él se quedaron a solas en la casa que tenía alquilada a unos kilómetros de la propiedad de Barrington.

El bebé estaba sano y su corazón latía con fuerza. Lily tenía la tensión un poco alta y la médica había recomendado descanso hasta la siguiente cita. Y aunque no habían hablado de ello, él estaba decidido a que se instalara con él para poder atenderla adecuadamente. El rodaje había terminado el día anterior, así que Lily estaba libre. Ya no se trataba solo de ellos dos, sino de un bebé inocente de cuyos padres dependía que tuviera un hogar estable y seguro.

Cuando volvió al salón, Lily estaba reclinada en el diván.

—Sé que debería estar preocupada o nerviosa, pero la verdad es que me siento feliz de que el bebé esté bien —dijo Lily con una amplia sonrisa.

Nash se acomodó al lado de sus piernas y le masajeó la pantorrilla.

—Me alegro.

Lily apoyó la cabeza en el brazo. El cabello le caía por encima del hombro, enmarcando su belleza natural. A Nash le encantaba así, con la cara lavada. Y le gustaba que no se preocupara por estar siempre perfecta a pesar de vivir en un mundo en el que el aspecto se valoraba más que el talento.

La vida en un pueblo pequeño le sentaba bien, y Nash no era inmune a lo bien que encajaba en su mundo… o el que había creado para su plan.

¿Sentiría lo mismo al verla en su casa de verdad, en su enorme dormitorio con el balcón desde el que se divisaba su propiedad?

—Ahora me siento muy tranquila —dijo ella, posando la mano en el muslo de Nash. Luego alzó la mano hacia su rostro y preguntó—. ¿Por qué frunces el ceño?

Nash no sabía por dónde empezar o si debía desvelar su identidad y decirle que era rico, que todo aquello no era más que una fachada. ¿Podía arriesgarse a que supiera que casi todo lo que le había dicho era mentira? No soportaba la idea de hacerle daño. Solo le quedaba la posibilidad de retrasar el momento y ganarse su confianza.

Porque lo quisiera o no, la verdad era que lo que sentía por ella era cada vez más profundo, y eso complicaba aún más las cosas.

—Solo estoy preocupado por ti —y eso no era mentira—. Con la tensión alta, debes descansar.

—Estoy descansando —dijo ella, acariciándole la mejilla.

Nash se inclinó sobre ella a la vez que le deslizaba la mano por el muslo.

—Y vas a descansar aquí hasta la próxima cita.

—Nash, no puedo quedarme tanto tiempo —dijo ella, dejando caer la mano—. No puedo abandonar mis obligaciones.

—Puedes tomarte un descanso —insistió él—. Un mes de vacaciones te sentará bien.

—No puedo quedarme contigo jugando a casitas, Nash. El bebé no es un muñeco.

–Precisamente por eso –dijo él, inclinándose más, hasta besarla–. Puedes quedarte hoy –le mordisqueó el labio–. Y mañana.

–No puedo pensar cuando me tocas –musitó ella contra sus labios–. Ni siquiera sé qué hacer ahora mismo.

Nash le guiñó un ojo con picardía.

–Yo tengo una idea.

–¿Incluye la cocina? –preguntó ella.

Nash se incorporó.

–Creía que tenías náuseas.

–Ahora mismo estoy hambrienta.

Nash se puso en pie y la miró. Echada relajadamente sobre el diván, con el vestido subido hasta el límite de lo decente, con el cabello arremolinado, la encontraba adorable.

–¿Qué te apetece? –preguntó, intentando concentrarse.

–Una tostada con queso fundido.

–¿De verdad? –preguntó Nash, riendo–. ¿No tiene demasiada grasa?

–El queso fundido es una de mis debilidades –dijo ella.

No haber sabido algo tan simple de la mujer que esperaba su hijo demostró a Nash que lo único que sabía de ella era cómo excitarla, cómo arrancarle dulces gemidos, como conseguir que sus párpados aletearan cuando alcanzaba el orgasmo.

–Muy bien. Ahora mismo te lo preparo –dijo solemnemente antes de ir hacia la cocina.

Estaba decidido a mantenerla a su lado y llegar a

conocerla, aunque le aterrorizaba que ella a su vez averiguara más cosas sobre él. Y eso lo llevaba a la cuestión clave de si continuar con la farsa o quitarse la máscara.

Como el caballero que era, Nash había llevado sus bolsas a la habitación de invitados para darle la opción de dormir sola o con él.

El bebé estaba haciéndoles actuar con cautela y avanzar de un tórrido romance a… algo más apacible.

Lily se pasó la mano por el estómago todavía plano y observó las paredes gris claro, los muebles oscuros y la colcha azul. Estar embarazada de Nash y cuestionarse dónde dormir resultaba absurdo.

Al dar media vuelta, se chocó con el sólido torso de Nash. ¿Hasta cuándo reaccionaría tan apasionadamente a su físico? El deseo que le despertaba era casi doloroso y le nublaba el pensamiento. Nash la sujetó por los brazos para ayudarle a mantener el equilibrio mientras ella no apartaba la mirada de sus pectorales.

—Por cómo me miras, deduzco que no vas a quedarte en la habitación de invitados —susurró él, fijando la mirada en sus labios al tiempo que la tomaba por las caderas y la atraía hacia sí.

Lily apoyó las manos en su pecho y dijo:

—Me encantaría dormir contigo, pero quiero que sepas que siento algo por ti que va más allá del sexo, incluso antes de saber que estaba embarazada lo intuía. No tengo ni idea de lo que sientes tú.

Lily se irritó consigo misma por convertirse de repente en una mujer que necesitaba que la tranquilizaran y por haberse expuesto más de lo que pretendía.

Sacudiendo la cabeza, se abrazó al cuello de Nash y añadió:

—No te preocupes, no espero que hagas una declaración solemne. Solo estoy un poco asustada por haber confiado hace años en el hombre equivocado.

—Puedes confiar en mí —dijo Nash—. No dudes nunca de que cuidaré de ti y del bebé.

La solemnidad con la que habló hizo que Lily no albergara la menor duda de la veracidad de sus palabras.

—Para ser tan leal y decidido debiste tener unos padres increíbles.

Los azules ojos de Nash se nublaron con una pasajera expresión de dolor.

—Crecí solo con mi madre. Gracias a ella soy como soy.

—¿Y tu padre?

Se hizo un silencio en el que Lily pensó que debía haberse callado. Pero al fin y al cabo, Nash era el padre de su hijo, y era lógico que sintiera curiosidad. Si iban a estar vinculados el resto de sus vidas, tenían que empezar a abrirse el uno al otro.

—No lo conocí.

A Lily se le encogió el corazón.

—Lo siento. Mi padre murió cuando era pequeña, así que puedo imaginar lo que sientes.

Saber que compartían esa carencia la acercó más a Nash.

–¿Tú también creciste sola con tu madre?

Lily lo habría preferido.

–No –se separó de Nash y fue a sacar un camisón de su maleta. Odiaba hablar de su padrastro–. Mi madre era una mujer muy orgullosa, pero éramos pobres y acabó casándose para conseguir estabilidad económica.

Su padrastro había conseguido que desarrollara un fuerte rechazo a cualquier hombre poderoso y rico. Prefería pasar el resto de su vida sola que junto a alguien que quisiera dictar cada uno de sus pasos.

De espaldas a Nash, dejó caer su vestido sin tirantes al suelo y se puso el camisón.

–Yo creo que solo se casó con Dan por mí –continuó, volviéndose hacia Nash–. Le preocupaba no poder cubrir mis necesidades.

Recogió el vestido del suelo, lo dejó sobre la cama y fue hacia Nash.

–Era un indeseable. La trataba como a una sirvienta y a mí como si no existiera, lo que fue una suerte, porque yo no quería saber nada de él.

Nash la estrechó entre sus brazos, proporcionándole la calidez y seguridad a la que tan fácilmente temía acostumbrarse. Pero no estaba segura de poder dejarse llevar por sus sentimientos cuando lo que verdaderamente deseaba era confiar en aquel hombre en cuerpo y alma.

–Ahora que eres famosa seguro que se arrepiente de haberte tratado mal.

Lily rio y mirándolo a los ojos, dijo:

—La verdad es que no lo sé porque desapareció hace años, justo cuando yo empezaba a despuntar. Se llevó todo el dinero. Siempre fue un tacaño. Por eso el dinero no significa nada para mí. Sé el mal que puede causar.

Nash estrechó su abrazo.

—El dinero no es malo en sí mismo, Lily. Depende de cómo se utilice.

—Ya lo sé. En mi caso, sirve para que mi madre viva sin preocupaciones. Aparte de eso, me da lo mismo.

—¿Si yo fuera rico no te habrías fijado en mí? —bromeó Nash.

Lily rio.

—En cualquier caso habrías llamado mi atención. Pero he jurado no relacionarme con ningún hombre que me recuerde a mi padrastro.

—No todos los hombres son como él —dijo Nash.

—No lo defiendas.

La risa de Nash reverberó en el cuerpo de Lily.

—No es eso, cariño. Estoy defendiendo a los hombres en general.

Lily se acomodó en los brazos de Nash, preguntándose dónde les llevaría el camino que habían tomado. La última vez que se había dejado llevar por la pasión, su vida se había convertido en una pesadilla. La única satisfacción que sentía era que su ex había fracasado en su carrera de actor.

De nuevo la pasión la acorralaba, y sus consecuencias eran mucho más importantes que su repu-

41

tación. Iba a ser responsable de una nueva vida. ¿Hasta cuándo querría Nash formar parte de ella? ¿Sería tan paternal como aparentaba? Que hubiera crecido sin padre podía contribuir a que realmente quisiera que su hijo tuviera una vida mejor que la suya.

Aunque odiaba tanta incertidumbre, la doctora le había dicho que debía relajarse, y ella estaba dispuesta a hacer lo que fuera necesario por el bien de su bebé. Por más que no lo hubiera planeado, la realidad era que iba a ser madre. Un ser crecía en su interior con un corazón propio. Que estuviera irritada consigo misma por lo que había pasado no impedía que ya amara a su bebé. Si eso significaba pasar las siguientes semanas o incluso meses con Nash, no pensaba poner ninguna pega.

Puesto que se planteaba si serían capaces de tener una relación más allá de la ocasión, aquella era la oportunidad de comprobarlo.

Capítulo Cuatro

Nash no sabía qué hacer. Quería abrirse a Lily, empezar a construir con ella una relación honesta puesto que estaba embarazada de su hijo y sus sentimientos hacia ella eran cada vez más intensos.

Pero no tenía la menor idea de cuál era el siguiente paso lógico en una relación que había comenzado como puro sexo.

Lily merecía saber la verdad, pero él era un cobarde y no había aprovechado la oportunidad que se había presentado la noche anterior cuando por primera vez habían hablado más íntimamente. Pero una vez más la pasión lo había arrastrado y había acabado quitándole el camisón. Le resultaba mucho más fácil dejarse llevar por el deseo que enfrentarse al mundo real en el que debían encontrar su sitio.

Incluso a lo largo de la noche había podido sincerarse con ella. Sin embargo, no lo había hecho, y en aquel momento estaba preparando el desayuno como si fuera un considerado hombre de familia en lugar de alguien torturado por la acumulación de secretos.

Pero pronto revelaría toda la verdad, o tanta como pudiera.

Porque quería más que sexo con Lily, aunque no supiera definir qué. Él mismo se había puesto entre la espada y la pared y no podría escapar hasta que empezara a contar algunas de las mentiras que lo enmudecían.

Pasó la tortilla de queso a un plato, sirvió un gran vaso de zumo y fue al dormitorio, donde había dejado a Lily durmiendo.

Al entrar y ver la seductora imagen que presentaba se quedó paralizado. Aquellos hombros pálidos contrastando con las sábanas oscuras hicieron reaccionar su cuerpo automáticamente. Ninguna otra mujer había despertado tantas emociones en él ni le había hecho cuestionarse su futuro. Pero Lily lo conseguía sin pretenderlo, y él temía perderla cuando supiera la verdad.

Esa no era una opción a la que pensara resignarse. Lily y su hijo permanecerían en su vida. Por mucho que ella odiara a los hombres ricos y poderosos, él no iba a darse por vencido.

Entró y dejó el plato y el vaso en la mesilla antes de sentarse en la cama, junto a Lily. El anhelo de destaparla y contemplarla en toda su belleza fue casi irresistible, pero se limitó a acariciarle la delicada piel del brazo.

Lily se desperezó y entreabrió los ojos con párpados pesados. Por una fracción de segundo esbozó una sonrisa, antes de saltar de la cama y correr al cuarto de baño.

Náuseas matutinas. Nash se sentía impotente por no poder hacer nada para que se sintiera mejor.

Fue hasta el cuarto de baño, sacó una toalla pequeña y la humedeció con agua fresca. Aunque no pudiera librarla de su malestar, al menos podía confortarla.

Retirándole el cabello hacia atrás, le colocó la toalla en la frente.

—Vete, Nash —masculló ella—. No quiero que me veas así.

Nash ni siquiera se molestó en contestar porque no pensaba moverse.

Al cabo de unos minutos, Lily fue a incorporarse y él la ayudó, tomándola de la cintura por detrás. Ella dejó descansar la cabeza en su pecho, exangüe. La perfección con la que su cuerpo encajaba en el de él siempre tomaba a Nash por sorpresa.

—Lo siento —musitó Lily—. No quería que me vieras en este estado.

Nash le besó la sien.

—No te ocultes de mí, Lily.

—Ojalá supiera qué vamos a hacer, qué pasos vamos a dar.

Nash sentía exactamente lo mismo, pero dijo con confianza:

—Por el momento, yo no voy a ninguna parte. Y tú, vuelves a la cama. Te he preparado un desayuno con el que vas a recuperar fuerza.

Lily gimió.

—No puedo comer.

—Pero debes alimentarte —contestó Nash. Y sin previo aviso, la tomó en brazos y la llevó a la cama.

—Te estás pasando —dijo ella, rodeándole el cuello y cerrando los ojos–. En cuanto tenga fuerzas, vamos a hablar de esta tendencia a sobreprotegerme.

Sonriendo, Nash se sentó a su lado.

–Si quieres, me llevo la tortilla, pero al menos debes beber.

Nash llevó el plato a la cocina y tiró la comida a la basura. Cuando volvió, Lily estaba reclinada sobre el cabecero, el vaso medio lleno en una mano y el reloj de oro de Nash en la otra.

–¡Qué reloj más espectacular! –comentó ella, en cuanto lo vio entrar.

Nash se reprendió mentalmente por haberlo dejado a la vista.

–Sí. Es un regalo.

No era mentira. Uno de sus jinetes se lo había comprado después de ganar una gran carrera.

–Para ser mozo de cuadra, también tienes una casa muy lujosa –comentó ella, acomodándose en las almohadas–. Debes administrar muy bien el dinero.

Nash sabía que Lily no pretendía sacarle información, pero también estaba seguro de que estaba andando sobre el filo de una navaja. Si no empezaba a contarle algo de su vida, Lily iba a sospechar que le ocultaba algo.

Se adentró en el cuarto y, encogiéndose de hombros, dijo:

–La verdad es que no tengo muchos gastos. Ni estoy casado, ni viajo, ni soy caprichoso –tampoco eso era mentira–. ¿Qué tal te encuentras? –preguntó, ansioso por cambiar de tema.

–Bien. Pienso ducharme y hace algo –Lily lo miró fijamente a la vez que él se sentaba a su lado–. No vayas a creer que voy a estar acostada los próximos siete meses.

–Podemos ir adonde quieras.

–Me encantaría ir de compras –dijo Lily con un suspiro–, pero seguro que me reconocen.

–Si eso es lo que quieres, yo te llevaré. Nadie tiene por qué verte.

–¿Y cómo vas a conseguirlo? –preguntó ella con una sonrisa escéptica.

Nash sonrió y se limitó a decir:

–Tú déjamelo a mí.

–¿Qué estás maquinando? –preguntó ella, entornado los ojos.

Nash se inclinó para acariciarle la mejilla y contestó:

–Es una sorpresa. Avísame cuando estés lista. Pienso estar todo el día a tu servicio.

Lily deslizó la mirada por su torso desnudo y sonrió provocativamente.

–Resulta una idea muy tentadora.

Temiendo perderse en aquella sonrisa, Nash se puso en pie y dijo:

–Voy a recoger la cocina. Si necesitas algo, llámame.

Nash fue por el pasillo maldiciéndose por dejar que sus instintos lo dominaran. Había demasiadas cosas, e incluso vidas, en juego. Debía mantener la cabeza fría. Tenía que hablar con su ayudante, presentar a Damon una oferta final. Tenía asuntos que resolver y no podía distraerse. No se iría sin haber conseguido todo aquello que se había propuesto.

Lily no tenía ni idea de cómo lo había conseguido Nash, pero le daba lo mismo.

Salió de la última tienda con varias bolsas, y fue hacia la ranchera de Nash, que estaba aparcada en una salida trasera. Él había entrado con ella, le había ayudado a elegir e incluso le había dado consejos mientras se probaba.

Era el primer hombre que conocía que actuaba de aquella manera en lugar de esperar impacientemente o mostrarse profundamente aburrido mientras una mujer iba de compras.

Tenía tantas caras que era imposible etiquetarlo. Era demasiado fascinante como para poder reducirlo a una sola característica. Lo único que podía explicar su paciencia y su instinto protector era que hubiera crecido solo con su madre.

Nash le quitó las bolsas, las metió en el vehículo y le abrió la puerta, tendiéndole la mano para ayudarle a sentarse.

–¡Qué caballeroso! –bromeó Lily.

–Mi madre me enseñó buenos modales –contestó él. Le abrochó el cinturón, rozándole premeditadamente los senos.

Lily rio.

–¡Retiro lo dicho! ¡Solo querías aprovecharte de mí!

Nash le dedicó una sonrisa de picardía que la hizo estremecer.

–Porque sé que te gusta –dijo, deslizándole la mano por debajo de la falda.

Lily siempre había creído que terminaría con un hombre sensato y práctico. Jamás hubiera imaginado que encontraría a alguien relajado y leal, y que consiguiera que su cuerpo ardiera con solo mirarla. Contuvo la respiración mientras los dedos de Nash jugueteaban cerca de su centro e, instintivamente, abrió los muslos. Tenía los labios a unos centímetros de los suyos, ofreciéndole un tentador beso.

–¿Lo has pasado bien hoy? –preguntó él, tocándola a través de las bragas.

–Sí –susurró ella–. ¿Qué estás haciendo?

Nash deslizó la mirada hacia la mano con la que Lily apretaba su falda con fuerza.

–Prepararte.

–¿Para qué?

Nash le susurró al oído:

–Para todo lo que siempre he deseado.

Lily se estremeció y, apoyando la cabeza en el respaldo, cerró los ojos. Aquel hombre estaba convirtiéndose en una droga de cuya adicción no quería curarse.

Unos segundos más tarde, Nash apartó la mano, le estiró la falda y la besó.

–¿Soy todo lo que siempre has deseado? –preguntó Lily.

–Eres todo lo que no sabía que estaba buscando y más de lo que me merezco.

Lentamente, Nash se irguió, cerró la puerta y rodeó el coche hacia el asiento del conductor.

Lily estaba aturdida y aún más confusa que antes. Estaba claro que Nash la excitaba con una mirada, con un roce. Pero ella quería más. También estaba segura de que le importaba. De otra manera, dudaba de que se hubiera tomado tantas molestias para llevarla a su casa y para que pasara una buena tarde sin ser acosada por la prensa.

Todo ello lo había hecho voluntariamente y sin pedir nada a cambio.

Lily cada vez sentía más curiosidad por el hombre que, de una u otra manera, iba a formar parte del resto de su vida.

En cuanto arrancaron, ajustó las entradas de aire para contrarrestar el calor interior que sentía y el que le provocaba una calurosa tarde de verano.

Necesitaba saber más de aquel hombre que la cautivaba, y qué mejor ocasión para averiguar algo que en el trayecto de vuelta casa.

—¿Dónde creciste? –preguntó.

—Cerca de aquí –contestó él, apretando el volante.

—¿Siempre has trabajado con caballos?

—Sí

Lily había confiado en que estuviera más comunicativo, pero no quiso darse por vencida.

—¿Así que creciste con caballos?

Nash le lanzó una mirada de soslayo:

—No podíamos permitírnoslos.

Lily miró por la ventanilla al tiempo que Nash tomaba el desvío hacia su casa.

—Perdona que te interrogue. Solo quiero saber algo más sobre ti –comentó ella.

—No tienes de qué disculparte —contestó Nash—. Mi madre trabajaba en una granja, así que siempre he estado rodeado de caballos, pero nunca tuve uno propio. Por eso juré que algún día sería dueño de una cuadra.

Tenía una visión y sueños para el futuro. Trabajaba duro y no sentía lastima de sí mismo por lo que no tenía en la vida. ¿Cómo no iba a fascinarla aquel hombre tan distinto a todos los que habían intentado captar su atención con anterioridad? Todo en él era distinto, y Lily tenía la seguridad de que no quería hablar de su pasado porque le daba vergüenza. Mientras que ella era actriz de cine, él era mozo de cuadra. Pero, ¿no se daba cuenta de que ella lo consideraba un igual?

También ella tenía orígenes humildes, y le había dicho que el dinero no significaba nada para ella. Solo quería un hombre en el que apoyarse y en el que confiar. Que Nash además la volviera loca de deseo solo era la guinda del pastel.

En cuanto entraron con las bolsas y las dejaron en el vestíbulo, Lily se volvió a Nash y dijo:

—¿Te importa que hablemos?

Nash dejó las llaves sobre la mesa de la entrada antes de mirarla.

—Confiaba en hacer algo más entretenido. ¿De qué quieres hablar?

Él la tomó por la cintura, haciéndola sentir protegida y... amada. ¿Sería posible que la amara?

—De lo que sea —dijo Lily—. Lo único que hacemos es desnudarnos, y en este momento, necesito que hablemos del futuro, de lo que vamos a hacer con el bebé. Sigo sin saber nada de ti.

Nash se separó de ella tanto física como emocionalmente. La rodeó y, dando un suspiro, fue hacia el salón.

—Sabes todo lo que hace falta por el momento.

Lily lo siguió, decidida a no aceptar evasivas.

—Solo sé que te sientes muy cerca de tu madre y que creciste con caballos. Eso es todo.

Nash apoyó las manos sobre la repisa de la chimenea y dejó caer la cabeza con gesto abatido. Se hizo un silencio en el que la perceptible tensión en sus hombros hizo pensar a Lily que había algo que no quería contarle y sintió un nudo de aprensión en el estómago. ¿O se trataba de algo mucho peor?

—Nash, sé que me ocultas algo —Lily se colocó detrás de él—. Estás empezando a asustarme. Estoy segura de que no puede ser tan grave, ¿verdad que no?

No podía haberse equivocado una vez más. «Por favor, por favor», suplicó mentalmente, «que no tenga importancia».

—Mereces saber la verdad —masculló él, sin mirarla.

Lily se llevó las manos al vientre instintivamente y retrocedió hasta chocar contra el sofá.

Nash finalmente alzó la cabeza y la miró con ojos velados por el miedo. Se pasó los dedos por el cabello y soltó a bocajarro:

—Damon Barrington es mi padre.

Capítulo Cinco

Una vez más se había dejado engañar.

Lily sintió que las piernas le flaqueaban. ¿Estaba tan ciega como para dejarse cautivar por cualquier hombre que quisiera engatusarla?

¿Damon Barrington era el padre de Nash? Este no apartaba la mirada de ella. Parecía ansioso por comprobar cómo reaccionaba.

—Me has mentido —se limitó a decir.

Nash se cruzó de brazos con gesto tenso.

—No puedo negarlo.

¿No pensaba defenderse? ¿No pensaba darle más explicaciones?

Lily se frotó la frente como si intentara borrar el dolor de cabeza que empezaba a sentir. Tendría que darle una buena explicación.

—Te juro que no quería mentirte —se defendió.

—Pero lo has hecho —dijo Lily.

—Damon no sabe que soy su hijo —Nash cruzó la habitación y se detuvo delante de Lily. Mirándola con expresión suplicante, continuó—: Que yo sepa, nunca se enteró de que mi madre estaba embarazada. Me enteré de que era mi padre hace unos meses. Fue entonces cuando vine a trabajar para él. Necesitaba averiguar qué clase de hombre era antes de decidir si quería mantener algún tipo de relación con él.

Una parte del corazón de Lily se ablandó, pero eso no le hizo olvidar que, en cualquier caso, Nash le había mentido.

–¿Eres hijo del mayor empresario del mundo de los caballos y no pensabas decírmelo?

Nash le tomó las manos y las apretó contra su pecho.

–Sabes que lo nuestro empezó como una mera atracción física y, en teoría, iba a terminar cuando acabara el rodaje y tú te marcharas. Solo entonces pensaba desvelar a Damon quién era. Pero ahora…

Lily comprendió súbitamente. El bebé había hecho inevitable que le dijera la verdad, y que solo lo hiciera por obligación, le hizo más daño del que estaba dispuesta a admitir.

–El bebé… –susurró.

Nash asintió con la cabeza y le apretó las manos como si temiera que fuera a salir corriendo.

–Te aseguro que no quería implicarte en esta mentira, pero ha sido inevitable.

–¿Y por qué me lo dices ahora? –Lily escrutó el hermoso rostro de Nash, que en aquel momento mostraba una vulnerabilidad conmovedora–. Podías haber esperado a hablar con Damon.

Nash sujetó con una mano las de Lily contra su pecho y con la otra le acarició la mejilla.

–No, Lily, porque has pasado a ser más importante para mí de lo que podía imaginar.

Lily podía notar el corazón de Nash latiendo

contra las palmas de sus manos. Sabía que aquella declaración significaba una prueba de valentía y coraje. Podía haber seguido mintiéndola, o haber esperado a enfrentarse a Damon, pero había optado por sincerarse con ella primero.

—Además —continuó Nash, atrayéndola hacia sí—, te necesito más de lo que estoy dispuesto a admitir, y eso me da pánico, Lily.

Ella se estremeció. Nash no mentía. Ningún hombre le había mirado como él lo hacía. Vio la desesperación en su mirada.

—Te necesito a mi lado —continuó Nash, besándola delicadamente—. Necesito tu fortaleza.

Aquella declaración terminó por ganar a Lily.

—¿Vas a decírselo pronto? —preguntó, asiendo la camisa de Nash.

—No lo sé. En teoría querría hacerlo lo antes posible ahora que ha acabado el rodaje, que ha terminado la temporada de carreras y que las chicas están de vacaciones

Lily sonrió ante la idea de que Nash tuviera una familia completa.

—Tienes hermanas, Nash. Debes decírselo. Si quieres, iré contigo. Pero si prefieres, te dejaré solo.

Rodeándole la cintura con los brazos, Nash la estrechó contra sí.

—Lo haré pronto. Pero ahora mismo quiero disfrutar de que la madre de mi hijo esté conmigo. Se supone que debes relajarte y yo sé cuál es la mejor manera.

—No me ocultes la verdad —dijo Lily, mirándolo

fijamente–. Estamos juntos en esto y no puedo estar con alguien en quien no confío.

Nash le sostuvo la mirada. Por un instante Lily creyó que iba a decir algo, pero se limitó a asentir con la cabeza.

–¿Esta ha sido nuestra primera pelea? –preguntó Lily.

Nash frotó la nariz contra su cuello, haciéndole cosquillas con la barba.

–Yo diría que sí. Deberíamos besarnos y reconciliarnos.

Nash la fue empujando hacia atrás y Lily dejó escapar una carcajada. Nash le había ocultado información fundamental, pero no era menos cierto que él todavía estaba intentando asimilarla. Lily no podía imaginar cómo hubiera reaccionado de haber averiguado quién era su padre a aquella edad, y no podía culpar a Nash porque no supiera qué hacer. Era un territorio desconocido y tendrían que explorarlo juntos.

Avanzaron por el pasillo hacia el dormitorio.

–Este va a ser tu sitio mientras vivas aquí –dijo Nash, pasándole los labios por la mejilla hacia la oreja–. La ropa es opcional.

Un escalofrío recorrió a Lily. Aunque intentara resistirse, cuanto más la reclamaba y más dominante se mostraba, más le gustaba Nash.

Nash enganchó otra bala de heno y la llevó al establo, moviéndose con una brusquedad alimentada por la frustración y la culpabilidad. Había mentido a Lily y le seguía mintiendo. Nunca olvidaría la expresión de su rosto cuando había descubierto que era hijo de Damon. Pero solo sabía parte de la verdad. El resto de su secreto no sería tan fácilmente defendible, y lo último que Nash quería era hacerle daño.

Su plan consistía en revelarle a Damon su identidad, conseguir los caballos y volver a su verdadera casa. Estaba harto de mentiras y de herir a aquellos con quienes se había relacionado los últimos meses.

Para cuando colocó la última bala en un montón al fondo del establo, sudaba copiosamente. Había llamado varias veces a Lily y esta le había asegurado que estaba bien y que si necesitaba algo lo llamaría. ¿Estaría tan preocupado durante todo el embarazo?

Nash sabía que no se trataba solo de eso. El círculo se estaba estrechando a su alrededor. Había llegado el momento de confesar: había terminado la temporada de carreras, y Cassie y Tessa estaban trabajando para el nuevo colegio de Cassie. No podía arriesgarse a que Damon vendiera los caballos a otro.

Su asistente ya habría hecho la nueva oferta, así que no quedaba más que esperar. Aunque no se le diera bien, no había llegado tan lejos por ser impulsivo, sino por saber medir los tiempos para alcanzar sus objetivos. Y los siguientes pasos que diera respecto a Lily serían fundamentales.

Caminaba por un terreno minado.

Había hablado con su madre aquella mañana, a

la que había tranquilizado diciéndole que solo contaría que Damon era su padre. El resto…, la verdadera bomba… no tenía ni idea de cuando la dejaría caer. ¿Lo reconocería Damon como el rival de tantos años? Hacía mucho que no coincidían en el mundo de los negocios. Además del pelo largo, la barba y la ropa, durante ese tiempo Nash había trabajado en el campo y su cuerpo había cambiado, era más robusto y tenía los hombros más anchos.

—Eres el mozo de cuadra más trabajador que he tenido en mi vida.

Nash se giró, sobresaltado, y vio a Damon aproximarse. El destino le presentaba una oportunidad ideal. ¿La aprovecharía?

Durante los últimos meses había vivido aquella escena mentalmente cientos de veces, pero llegado el momento, no sabía cómo iniciar una conversación tan trascendental.

—No te veía hace días —dijo, quitándose los guantes de trabajo y metiéndolos en el bolsillo trasero.

—Ahora que ha acabado el entrenamiento de las chicas tengo más tiempo —Damon apoyó la mano en la cancela de una de los compartimentos y sonrió—. Puedo venir más a menudo y también pasar más tiempo con Emily.

Nash sonrió a su vez. Emily era la nieta de Damon, y su sobrina. Tantos parientes súbitamente… De hecho, cuando Ian se casara con Cassie, el agente de Lily sería su cuñado.

La cabeza le daba vueltas. Todo iría revelándose en cuanto le dijera a Damon la verdad, o al menos la parte que sabía Lily. Podía imaginar cómo reaccionaría cuando supiera el resto, y suponía que sería de forma colérica.

Pero iría paso a paso.

—¿Vas a estar más tarde por casa? —preguntó.

Los caballos se revolvieron y uno relinchó, como si quisiera entrar en la conversación.

—Supongo que sí.

—¿Te importa que me pase sobre las siete? Quiero hablar contigo en privado.

Damon frunció sus plateadas cejas.

—¿No pensarás dejarme, verdad, hijo?

—No.

—Has despertado mi curiosidad —Damon soltó una carcajada—. Muy bien. Te espero sobre las siete.

—¿Estarán Cassie y Tessa? Puede que también les interese.

Tuvo súbitamente la idea de incluir a sus hermanastras.

—Se lo preguntaré —contestó Damon—. Seguro que también ellas se sienten intrigadas.

Nash se secó la frente con el antebrazo.

—Perfecto. Me pasaré sobre las siete.

Si Lily quería acompañarlo, aceptaría su apoyo. La necesitaba, y no solo por una cuestión de coraje.

Quizá si compartía lo más posible con ella, lograría mitigar el golpe de lo que vendría a continuación.

***

Lily dominó la tentación de tirar el móvil al suelo. Estaba harta de la arrogancia de los productores y los directores que asumían que lo dejaría todo para trabajar con ellos; de las desorbitantes ofertas económicas que le hacían cuando los rechazaba; de que no entendieran que ella no se dejaba comprar.

Se tumbó en el sofá. Ya estaba aburrida de descansar y solo había pasado un día. Si el resto del embarazo continuaba en la misma línea, se iba a volver loca.

Además, Nash estaba pendiente de cada una de sus necesidades, y aunque eso en sí mismo no era malo, lo cierto era que no le dejaba hacer nada por sí misma e insistía en que descansara hasta la siguiente cita con la doctora.

Lily no recordaba haber accedido a seguir allí tanto tiempo, pero Nash parecía asumir que se quedaría a vivir con él. Esa era una conversación pendiente entre ellos. En algún momento, ella tendría que marcharse y retomar su vida.

Todavía no se había recuperado de la sorpresa de que Nash fuera hijo de Damon Barrington. ¿Qué habría hecho antes de trabajar para Barrington? ¿Habría sido mozo en otra cuadra? Era evidente que el amor a los animales y el sentido del trabajo le corrían por las venas.

Lily jamás habría imaginado que estaría viviendo en casa de Nash, embarazada de su hijo, mientras él se debatía sobre cuándo dejar caer la bomba de su paternidad sobre Damon.

Oyó abrirse la puerta principal y seguidamente

las pisadas de Nash, que entró en el salón con una media sonrisa.

—¿Has tenido un mal día? –preguntó Lily.

—Voy a ducharme y a ir a casa de Barrington –Nash se pasó la mano por la barba. Suspiró–. Voy a decírselo.

Asiéndose al respaldo del sofá, Lily preguntó:

—¿Sabe que vas a ir?

—Sí.

Lily no esperaba que diera el paso tan pronto, y se preguntó si en parte no lo haría porque quería aclararlo todo antes de que naciera el bebé y…, aunque Lily no quería albergar más esperanzas que las justas de que ellos dos pudieran avanzar hacia el futuro.

—¿Quieres que te acompañe?

—Solo si tú quieres –dijo Nash, dedicándole una de aquellas sonrisas que la derretían.

Lily fue hasta él, le rodeó el cuello con los brazos y sonrió a su vez.

—Sé que nuestra relación ha empezado de una manera peculiar, Nash, pero no creo que debas enfrentarte a esto solo.

—Me encantaría abrazarte –Nash apoyó la frente en la de Lily–, pero apesto y necesito una ducha.

Lily rio y le dio un beso.

—No me importa, pero ve a ducharte. Yo me peino y me calzo en un minuto.

—¿Eso es todo lo que vas a hacer? –preguntó Nash.

—Sí, ¿por qué? –Lily lo miró con suspicacia–.

¿Quieres decir que debería cambiarme de ropa y maquillarme? Yo soy así, Nash, mejor que vayas acostumbrándote.

Él la estrechó contra sí.

—Soy un fan de la Lily sin arreglar.

Lily apoyó las manos en su pecho.

—Me parezco muy poco a las actrices de Hollywood.

Nash la sujetó por las nalgas y aproximó sus caderas a las de ella.

—No sabes cuánto me alegro. Ahora deja de intentar seducirme. Debo ducharme o llegaremos tarde.

—Perdona —dijo Lily, riendo y poniendo los ojos en blanco—. No me había dado cuenta.

Lily lo vio alejarse por el pasillo. Además de sexy, tenía un fantástico sentido del humor. Con el paso de los días su relación se iba afianzando, sin que por ello disminuyera la pasión entre ellos.

En media hora iban de camino a casa de Barrington. Nash conducía con una mano en el volante y la otra en el regazo de Lily.

—¿Qué tal te ha ido hoy? —preguntó él.

—He hablado varias veces con Ian —Lily miró por la ventanilla—. Había un papel que podría haber hecho a pesar del embarazo, pero acabo de rechazarlo.

—¿Por qué?

—Todavía no quiero comprometerme a nada —Lily lo miró—. Además, el productor es un arrogante. Me ha ofrecido una fortuna. Cree que el dinero lo resuelve todo —suspiró antes de seguir—: Supongo que es culpa de mi padrastro, pero no aguanto a la gente que cree que todo tiene un precio.

—No todas las personas con dinero son malas. Muchas tienen buenas intenciones aunque se equivoquen.

A Lily le sorprendió que Nash defendiera a las clases altas, pero no hizo ningún comentario y se limitó a apretarle la mano cuando cruzaron la verja de la propiedad de Barrington.

Los meses que había durado el rodaje habían sido de los mejores de su vida. Además de encantarle el paisaje y la atmósfera de pequeña comunidad, había establecido una estrecha relación con Cassie, Tessa y Damon, cuya afectuosa relación familiar envidiaba.

—¿Estás preparado? —preguntó a Nash cuando este detuvo el vehículo ante la puerta.

—Totalmente —dijo él, besándole la mano.

—¿Cómo vas a explicar mi presencia?

—¿Qué quieres que diga?

A Lily no le gustaba mentir, pero todavía no estaba preparada para anunciar su embarazado. Tampoco quería robarle protagonismo a Nash.

—Podemos decir que en este tiempo nos hemos hecho amigos y que he querido quedarme unos días para tomarme unas pequeñas vacaciones.

Nash le dedicó una de sus pícaras e irresistibles sonrisas.

—Yo creo que sospechan que somos más que amigos —comentó.

—La verdad es que no me importa —dijo Lily.

Los Barrington tenían experiencia con la prensa y Lily estaba segura de que podía contar con su discreción. Además, según cómo fueran las cosas, terminarían por formar parte de la misma familia, así que cuanto más sincera fuera con ellos, mejor.

–De todas formas –añadió–, cuando des tu noticia, todos van a olvidarse de mí.

–Eso es imposible –Nash la tomó por la barbilla y la besó con una ternura que hizo preguntarse a Lily si era su manera de comunicarle los sentimientos que no se atrevía a expresar verbalmente. ¿Podría estar enamorándose de ella igual que ella creía estar enamorándose de él?

–Entremos –musitó Nash contra sus labios.

Capítulo Seis

–Ya estamos todos –dijo Damon, sonriente, desde su sillón de cuero–. Estoy ansioso por oír lo que tengas que decirnos.

Cassie y Tessa estaban sentadas en el sofá, con sus brillantes ojos azules clavados en Nash. ¿No veían la similitud? ¿No se daban cuenta de que tenían el mismo color azul cobalto de ojos?

Nash y Lily se sentaron frente a ellas. En medio había una mesa de café con un precioso adorno floral. A los Barrington les había tomado por sorpresa la presencia de Lily, pero si sospechaban algo, no hicieron la más mínima insinuación.

–Me ha gustado mucho trabajar aquí –empezó Nash, intentando dominar los nervios que lo consumían–. He llegado a conoceros y he sido testigo del triunfo de Tessa cuando ganó la Triple Copa. También ha sido especial estar en la propiedad mientras se rodaba.

–Eso suena a que vas a dejarnos –intervino Damon.

–No es eso –dijo Nash, sacudiendo la cabeza con una sonrisa.

–¿Va todo bien? –preguntó Cassie, inquieta.

Nash jamás se había sentido tan vulnerable. Los

negocios habían regido su vida; eran controlables, racionales. Su mundo emocional se había limitado a su madre, Y en cierta forma, estaba allí en aquel momento por ella. Porque se merecía liberarse de todo sentimiento de culpabilidad; y él se merecía saber qué lugar ocupaba en la vida de su padre.

–Todo va bien –Nash tuvo que ponerse en pie porque no aguantaba sentado. Resopló–. Esto es más difícil de lo que había imaginado.

Sobre la repisa de la chimenea había fotografías de las chicas de pequeñas, de la difunta esposa de Damon, Rose; escenas familiares en las que se percibía el amor que compartían.

–Voy a empezar por el principio –continuó–. Mi madre trabajó aquí de entrenadora antes de que yo naciera.

Damon abrió los ojos desmesuradamente.

–Aparte de Cassie, solo he tenido una mujer entrenadora.

El corazón de Nash latía con fuerza. Esperó a que Damon llegara a sus propias conclusiones.

–¿Tu madre es Elaine James? –preguntó a continuación, en un susurro atónito.

Cassie y Tessa miraron a su padre, y Nash guardó silencio, a la espera de ver cómo se desarrollaban los acontecimientos.

–¿Quién es Elaine James? –preguntó Tessa.

–Era una de las mejores entrenadoras de caballos en su tiempo –dijo Damon sin apartar la mirada de Nash–. La contraté cuando los demás dueños de cuadras rechazaban a las mujeres. Elaine llevaba el cabello muy corto, usaba gorra; venía a trabajar con los caballos muy temprano y a última hora del día.

Nash conocía la historia bien porque se la había contado su madre.

—Cuando se fue de aquí —continuó él por Damon—, fue a otra cuadra. Al poco de irse, se dio cuenta de que estaba embarazada —concluyó sin apartar la mirada de su padre para no perderse su reacción.

Damon contuvo una exclamación. Lily permaneció inmóvil y Cassie y Tessa abrieron los ojos desorbitadamente.

—No es posible —musitó Damon, mirando a su alrededor con ansiedad antes de volver la mirada hacia Nash—. Tú…

—Soy tu hijo.

Ya estaba. Al menos se libraba de la mitad del peso que acarreaba desde que había llegado. ¿Y a continuación? No tenía ni idea. Tenía planes para conseguir su objetivo final, pero no había previsto los incómodos pasos intermedios, y se encontraba en medio de uno de ellos.

Se produjo un silencio sepulcral durante el que Lily lo miró con calma, como si quisiera enviarle un mudo apoyo.

—Nash, discúlpame, pero voy a necesitar alguna prueba —dijo Damon finalmente—. ¿Dónde está ahora tu madre?

Nash volvió a sentarse.

—Lo comprendo —contestó—. Mi madre sufrió un infarto hace unos meses del que se está recuperando bien. Fue entonces cuando me confesó lo que había habido entre vosotros.

–¿Por qué no me lo dijo? –preguntó Damon con el ceño fruncido–. Nunca volví a saber de ella.

–Cuando se fue no sabía que estaba embarazada –Nash apoyó los codos en las rodillas, entrelazó los dedos y miró a sus hermanastras y a su padre–. Por lo que me ha contado, cuando lo supo y reunió el valor para venir a contártelo estaba embarazada de ocho meses. Temía que no la creyeras o que te casaras con ella por el bebé, y no quería que te sintieras atrapado. Pero por otro lado, quería que lo supieras. Cuando finalmente vino, lo primero que oyó en el pueblo fue la noticia de tu compromiso con Rose.

Nash recordaba la confesión llorosa de su madre y cómo le había pedido perdón por no haberle dicho quién era su padre. También le había dicho cuánto había sufrido todos aquellos años al ser testigo de la rivalidad entre Damon y él.

Pero Nash no la culpaba. Era joven, estaba sola y tenía miedo. Él no era quién para juzgar a nadie por mantener un secreto.

–Me dijo que no quiso crearte problemas con tu prometida –continuó Nash–, así que me crio ella sola.

Sus palabras quedaron suspendidas en el aire y Nash tuvo que reprimir el impulso de tomarle la mano a Lily.

Damon se frotó la frente como si le ayudara a procesar la información.

–¿Llegó a casarse alguna vez?

¿Lo preguntaba como el hombre que había sentido algo por su madre o para saber si él había tenido una referencia masculina en su vida?

—Sí, cuando yo tenía diez años.

—Aun así, llevas el apellido de tu madre. ¿Tu padrastro no te adoptó? —preguntó Damon.

Aquella era la parte de la confesión que podía complicarse.

—Sí —contestó—. Pero decidí usar el apellido de mi madre

Se trataba de una mentira, pero Damon todavía no podía conocer su verdadera identidad. Antes, debía compartirla con Lily.

Sus prioridades habían cambiado radicalmente desde su llegada a Stony Ridge, y ni siquiera sabía desde cuándo. Pero lo cierto era que en lugar de concentrarse en sus propios intereses, antes de tomar una decisión pensaba en cómo afectaría a Lily.

—¿Llevas todo este tiempo aquí… espiándonos? —preguntó Tessa, irritada—. ¿Por qué no nos has dicho la verdad desde el principio?

Nash carraspeó.

—Sinceramente, no estaba seguro de querer que lo supierais. Pero cuando vi que el puesto de mozo de cuadra quedaba vacante, no pude resistirme. Siempre he trabajado con caballos.

—¿No podías habérnoslo dicho antes? —preguntó Cassie con más dulzura que Tessa, pero igualmente consternada.

Quizá sí. Pero Nash estaba ocupado intentando

comprar los caballos de Damon y manteniendo encuentros secretos con Lily.

–Entiendo el impacto que esto tiene en vuestras vidas –dijo, eligiendo sus palabras cuidadosamente–. Tenía que averiguar si erais una familia en la que podía confiar o si era mejor marcharme sin compartir la verdad con vosotros.

Lily le estrechó la mano a Nash en ese momento y el gesto no les pasó desapercibido a las hermanas.

Nash pensó que no se merecía ni su lealtad ni su afecto. Le estaba mintiendo y por más justificado que estuviera, por más que supiera que no había otra forma de actuar, la realidad era que mantenía una relación con una mujer que ni siquiera sabía cuál era su nombre real.

–¿Y ahora sí crees que encajamos en tu vida? –preguntó Tessa–. Tengo que reconocer que me siento dolida.

–Lo comprendo perfectamente –dijo Nash–, pero tenía que cuidar de mí y de mi madre. Mi padrastro nos dejó y yo he cuidado de ella. Su bienestar ha sido mi prioridad.

–¿Ella ha estado de acuerdo con que vinieras? –preguntó Damon.

–Me dejó a mí la decisión –explicó Nash–. Pero temía que alterara vuestras vidas

–Tengo un hermano –susurró Cassie con lágrimas en los ojos.

–Cass –le advirtió Damon–, todavía necesitamos pruebas, aunque estoy casi seguro de que Nash dice la verdad.

–Mírale a los ojos –dijo ella, sonriendo a la vez que se secaba las lágrimas–. Son iguales que los nuestros.

Tessa se volvió hacia su padre y, alzando los brazos en un gesto de desconcierto, le espetó:

–¿Cómo pudiste pasar de su madre a la nuestra en tan poco tiempo?

Damon se reclinó contra el respaldo y asiendo los brazos del sillón, explicó:

–Elaine y yo sentimos una atracción inmediata el uno por el otro, pero nunca nos enamoramos ni hablamos de una relación más allá de lo físico. Cuando se fue, conocí a Rose y me enamoré de ella a primera vista. Era la mujer de mi vida.

Nash tragó saliva. Su madre le había dicho lo mismo respecto a Damon, y su relación con Lily había tenido un comienzo muy parecido. Pero él estaba decidido a cambiar el final.

–Tus ojos… –Tessa musitó al tiempo que se sentaba de nuevo–. En cuanto te vi pensé que había algo especial en ti.

Nash asintió, intentando no emocionarse.

–Yo sentí lo mismo.

Hasta aquel instante no había sido consciente de cuánto deseaba que las chicas y Damon lo aceptaran. Aunque tuviera todo el dinero del mundo, había algo que nunca podría comprar: una familia. Y en el fondo de su ser, eso era lo que siempre había anhelado.

–¿De verdad eres mi hermano? –preguntó ella con la voz quebrada.

–Eso parece –contestó Nash, sonriendo.

–¿Y ahora qué?

Nash volvió la mirada a Damon, que seguía frunciendo el ceño como si no supiera si estar confuso o enfadado. Aquella era la parte del plan más delicada, porque por más que quisiera conseguir los caballos, también quería tener una familia. Así que tendría que actuar con astucia para conseguir las dos cosas.

–Depende de ti –dijo a su padre–. Me encantaría seguir trabajando aquí, pero comprendería que no confiaras en mí.

–No –dijo Cassie, sacudiendo la cabeza–. Has demostrado que eres un magnífico trabajador, ¿verdad, papá?

Damon asintió e, inclinándose hacia delante, dijo:

–Por mi parte, me gustaría que siguieras trabajando aquí, Nash. Y si tienes caballos, puedes traerlos contigo.

Nash sentía que la cabeza le daba vueltas y temió no poder mantener tantas mentiras en suspenso hasta que encontrara la manera de justificarlas razonablemente.

–En este momento no tengo ninguno –o al menos no en las proximidades.

–La posición de mozo es tuya hasta que quieras –Damon se puso en pie y Nash lo imitó.

Nash le tendió la mano a su padre y al hombre a quien quería comprar su cuadra.

–Te lo agradezco.

Damon le tomó la mano y le dio un abrazo con el otro brazo. Con una mirada tan triste como su tono, dijo:

–Siento lo de tu madre. Si puedo hacer algo por ella…

–Gracias –Nash no habría consentido que nadie, excepto él, cuidara de su madre–. Está muy bien.

Damon asintió al tiempo que le soltaba a mano.

–Me has dado una noticia totalmente inesperada. Espero que la parálisis inicial no te haya hecho sentir incómodo. Todavía tengo que asimilarla.

–Lo comprendo. Yo he tenido varios meses para hacerme a la idea –Nash bajó la mirada hacia Lily, que se estiraba el borde del vestido con nerviosismo–. Será mejor que Lily y yo os dejemos para que podáis hablar libremente.

Lily aceptó la mano con la que la ayudó a ponerse en pie y, dedicando una espléndida sonrisa a Damon, le palmeó el brazo afectuosamente a la vez que decía:

–Aunque estés perplejo, la noticia que acabas de recibir es maravillosa. Acabas de saber que hay un miembro nuevo en tu familia, y que es un hijo maravilloso.

Damon la abrazó.

–Rose te habría adorado –comentó, emocionado.

Nash sabía que Damon y Lily habían establecido una relación de profundo cariño mientras se filmaba la película. Lily interpretaba a la difunta mujer de Damon y habían tenido que hablar de ella a menudo.

Los nervios y la culpabilidad estrecharon el nudo que sentía en el estómago. Cuando desvelara su verdadera identidad perdería a los Barrington y a Lily.

—Cuando se estrene la película, la gente va a descubrir que sois una familia increíble, y no solo en el mundo de las carreras de caballos —Lily fue hasta Cassie y Tessa para abrazarlas—. Voy a quedarme en el pueblo unos días —informó—. Si os apetece, podemos quedar a comer.

Cassie sonrió.

—Fenomenal. Deduzco que podemos encontrarte en casa de Nash.

Lily rio.

—Sí, pero por favor, no se lo digáis a nadie.

—Jamás haríamos algo así —la tranquilizó Tessa—. Me alegro de que te quedes.

Nash observó con el corazón encogido la buena relación que había entre las hermanas que acababa de heredar y la madre de su futuro hijo.

No podía fracasar. Se jugaba demasiado. Pero solo podía esperar a que su asistente le notificara que Damon había aceptado el acuerdo. Hasta entonces, ni podía hacer nada ni decidir cuál sería su siguiente paso.

Capítulo Siete

El insomnio era una compañía cruel.

Lily revolvió la cocina sigilosamente en busca de su adicción, el chocolate con leche. Cuando ya estaba a punto de darse por vencida, se le ocurrió mirar en el congelador y estuvo a punto de lanzar un grito de alegría. Tomando un vaso grande, puso en él una gran bola de helado de chocolate oscuro y lo cubrió con leche.

Una de las ventajas de estar embarazada era que podía echar la culpa de aquel tipo de antojos al bebé, a pesar de que era algo que solía hacer siempre que no podía dormir.

Estaba dando el primer sorbo cuando oyó un ruido de pisadas a su espalda. A la vez que se pasaba la lengua por los labios para limpiárselos, se volvió y vio a Nash, irresistiblemente sexy con el cabello alborotado y los pantalones del pijama asentados en sus estrechas caderas. Sus ojos azules se fijaron como en el vaso.

Lily pudo ver que un brillo risueño en su mirada.

—No me riñas —dijo ella, dando otro sorbo para que el frescor de la bebida compensara el calor que había sentido nada más ver a Nash.

–No lo haría –dijo él con sorna–. ¿Lo haces a menudo?

–Cuando no puedo dormir suelo levantarme a por chocolate, pero como no tenías, he improvisado.

Nash la miró con inquietud.

–¿Por qué no puedes dormir?

Lily no pudo contener la risa.

–Por todo.

Nash se cruzó de brazos con expresión inquisitiva y Lily se preguntó si alguna vez llegaría a cansarse de contemplarlo, de tocarlo… La química que había entre ellos no disminuía, sino que aumentaba a medida que conocía mejor a aquel misterioso hombre, que la valoraba por sí misma, no por ser una celebridad. Ella necesitaba honestidad y él era honesto, por eso le proporcionaba estabilidad.

Haberlo visto hacía unas horas vulnerable, desnudando su alma ante una familia que desconocía su existencia, había removido algo profundo en su interior. Nash tenía muchas más capas de las que había creído inicialmente, y ella quería llegar a conocerlas todas.

–Háblame –musitó él con aquella voz que Lily sentía como una caricia–. Se me da muy bien escuchar.

–Estaba preguntándome –dijo, por no decir que estaba preocupada– qué iba a ser de tu vida ahora que Damon…

Dio otro sorbo.

–Eso no es lo único que te inquieta.

Nash la conocía mejor de lo que podía imaginar, a pesar de que su relación no hubiera pasado a otro nivel más que desde la noticia del bebé. Él había compartido con ella sus miedos respecto a Damon y las chicas, igual que ella le había contado los suyos en relación al bebé y a su carrera. Estaban en el mismo bote, cada vez más vinculados, estrechando la relación… Y eso la aterrorizaba.

–No quiero que el bebé tenga nunca dudas sobre qué lugar ocupa en nuestras vidas –dijo, posando la mano en su vientre–. He visto en tu mirada cuánto sufrías al hablar con Damon. Eres un hombre fuerte, pero veo que te tomas la familia muy en serio. Supongo que me preocupa saber hacia dónde vamos, no ya por nosotros, sino por nuestro hijo.

Nash se aproximó. Con cada paso aquellos anchos hombros y musculosos brazos de un hombre que trabajaba en el campo se hacían más visibles y habrían hecho temblar a cualquier mujer. Ella no era una excepción.

Nash posó su mano sobre la de ella.

–Esta criatura jamás se cuestionará cuánto la amamos. Siempre será nuestra prioridad.

Lily sonrió al comprobar que Nash protegía y amaba al bebé con tanta pasión como ella, pero no le pasó desapercibido que no mencionara el tema de ellos dos como pareja.

Pero estaba decidida a ir paso a paso. Todavía quedaban meses por delante para tomar decisiones. Ian comprendía perfectamente su situación y le había dado tiempo para que asimilara su estado.

Había sido muy afortunada al elegirlo como agente.

Y mientras se planteaba qué hacer con su carrera, tendría que ir pensando cómo organizarse en el futuro con el bebé al tiempo que aclaraba sus sentimientos por Nash. Fuera lo que fuera lo que había entre ellos, iba más allá de lo puramente sexual, pero todavía no era capaz de ponerle nombre.

Sin mediar palabra, Nash le quitó el vaso de la mano, dio un trago y se limpió el bigote con la lengua. Era el primer hombre con barba y cabello largo por el que Lily se había sentido atraída. Pero Nash había llamado su atención nada más conocerlo y había encontrado en su desaliño un refrescante cambio respecto a los guapos hombres de Hollywood, tan preocupados por su aspecto.

–Tienes razón –dijo Nash–. ¡Está buenísimo!

Lily le quitó el vaso y dio un sorbo a la vez que la sensual mirada de Nash recorriéndola de arriba a abajo le ponía la carne de gallina. Inicialmente, le había preocupado que si se mudaba a vivir con él, la química sexual les impidiera hablar del futuro. Pero estar tanto tiempo juntos los había obligado a sincerarse un poco más cada día.

Sin decir palabra, Nash volvió a tomar el vaso, pero en lugar de beber, lo dejó sobre la encimera. Luego la sujetó por las caderas y la atrajo hacia sí, susurrando:

–Yo sé de algo un poco más maduro que el chocolate para curar el insomnio.

Y fue recorriéndole el cuello y el escote con los

labios hacia sus sensibles senos. Con un simple roce, le bajó los tirantes y la prenda cayó al suelo. Entonces la acarició con la lengua y con las manos y Lily, poseída por la urgencia del deseo, deslizó la mano por la cintura de sus pantalones y se los bajó.

Nash se alzó y reclamó sus labios al mismo tiempo que la levantaba por la cintura. Lily se asió a su cuello y entrelazó las piernas a su cintura, y Nash avanzó con ella por el pasillo. Antes de llegar al dormitorio la apoyó contra la pared, pero Lily se negó a dejar que rompiera el beso hasta que Nash le tomó las manos, se las sujetó contra la pared y susurró:

—Se supone que debes relajarte. Déjame el control.

Lily sonrió y arqueó las caderas hacia él provocativamente. Nash gimió.

—Tentarías a un santo —masculló.

—Solo quiero tentarte a ti —contestó ella con una sonrisa de satisfacción.

Nash la miró fijamente al tiempo que la penetraba, hipnotizándola con sus increíbles ojos azules.

Mientras sus caderas se acompasaban, Lily mantuvo la mirada fija en el rostro de Nash y pudo percibir en sus ojos una miríada de emociones: determinación, anhelo, deseo… y amor. Lily lo intuyó con la misma claridad con la que lo sentía dentro de sí. Nash la amaba, aunque quizá ni siquiera fuera consciente de ello. Su vida era demasiado complicada en aquel momento como para admitirlo.

Pero eso no impidió que Lily sintiera un inmenso alivio. Porque ella sabía que se estaba enamorando de él.

Sin dejar de mirarse, alcanzaron juntos los temblores del clímax. Y cuando estos remitieron, Nash apoyó la frente en la de ella y susurró:

—Eres mucho más de lo que ni siquiera sabía que estuviera buscando.

Nash no tenía ni idea de lo que había dejado entrever hacía unos minutos, pero mientras yacía en la cama, con Lily a su lado, fue consciente de dos cosas: que Lily era más vulnerable de lo que quería aparentar; y que él había bajado la guardia y había permitido que ella intuyera lo que sentía.

Debía dominar sus sentimientos. No podía permitir que Lily supiera que estaba enamorándose de ella.

Lily se movió y le pasó el brazo por la cintura y colocó un muslo sobre el suyo. La había llevado en brazos hasta la cama después del desenfrenado sexo. Ni siquiera había podido esperar los pasos que lo separaban del dormitorio, pero no parecía que a ella le hubiera importado.

Y aunque el sexo había sido salvaje y tórrido, se habían comunicado en silencio sentimientos profundos. Nash había podido verlo en los ojos de Lily, y le preocupaba lo que ella hubiera podido ver en los suyos.

Tras permanecer en silencio unos minutos, supo que Lily tampoco estaba dormida.

–Estoy seguro de que eres consciente del paralelismo entre tu embarazo y el de mi madre –dijo, acariciándole el brazo a Lily–. No estás aquí por eso, sino porque quiero tenerte conmigo.

Lily se arrebujó contra él.

–Lo sé. Como sé que los dos estamos en una situación a la que no sabemos cómo enfrentarnos. Tendremos que ir paso a paso.

Aunque se sintió aliviado por su actitud, Nash lamentó no poder contárselo todo, no poder desvelar su identidad.

–Aun así, pronto necesitaré que tomemos algunas decisiones –continuó ella–. No puedo quedarme en Virginia eternamente y eludir mis responsabilidades.

Eternamente. Nash se preguntó si estaba preparado para usar esa palabra al pensar en ellos dos como pareja. Nunca se lo había planteado, pero Lily hacía que se cuestionara todas sus prioridades. Le hacía desear ser mejor persona y no centrarse tanto en su vida profesional como en la personal. Era una lástima que la hubiera conocido cuando ya estaba inmerso en su plan, y que ya no pudiera echarse atrás.

–¿Le has contado a tu madre lo del bebé? –preguntó.

–Todavía no. Quiero decírselo en persona.

La luz de la luna se filtraba por una ranura de las cortinas. En la mente de Nash se agolpaban ideas, desde la compra de los caballos al bebé, pero de lo único que estaba seguro era de que no podía dejar marchar a Lily. Tenía continuas imágenes de ella en su casa, en la de verdad, en su propiedad, en sus establos. Iba a encajar a la perfección, y el personal la encontraría tan encantadora como él.

—¿Qué te parece si hacemos un picnic mañana o si montamos a caballo? —pensó que quizá no era posible y preguntó—: ¿Puedes montar estando embarazada?

Lily se giró y, apoyando la cara en el puño, contestó:

—No lo sé ¿Me estás pidiendo una cita?

—Así es —dijo él, sonriendo y acariciándole la mejilla.

—Me parece genial. ¿Qué te parece si optamos por el picnic?

Nash no habría sabido explicar por qué la sonrisa y el tono animado de Lily le aceleraron el corazón.

—Más me vale dormir para estar descansada —añadió Lily entre bostezos.

—¿Quieres más helado? —bromeó Nash.

—No —la risa de Lily llenó el dormitorio y el corazón de Nash—. Tu método es mucha mejor cura para el insomnio. Estoy agotada.

Nash le besó la frente.

—Esa era la idea. Ahora, descansa —dijo. Y le tapó los hombros con el edredón sin dejar de abrazarla.

Estaba ansioso porque amaneciera para ir con ella de excursión. Necesitaba que viera cómo era realmente antes de que descubriera la parte que le había ocultado. Necesitaba que supiera que era mucho más que un hombre de negocios millonario. Seguía siendo el hombre que se ocupaba de los caballos y que disfrutaba de las cosas simples de la vida.

Pero antes, tenía que saber si Damon, que no tenía ni idea de que su recién encontrado hijo era su más odiado rival, estaba dispuesto a vender sus purasangres.

Lily hizo un hueco con las manos y recogiendo agua del frío arroyo, se la lanzó a Nash.

—¡Vamos! —bromeó—. ¿Tienes miedo de un pequeño arroyo?

Tras un abundante picnic, Lily se había quitado las sandalias y se había metido en el arroyo mientras Nash permanecía en la manta y la observaba con una sonrisa arrebatadora.

—No tengo miedo —dijo él, quitándose las botas y los calcetines—. Eres tú quien debería tenerlo.

Se puso en pie y, quitándose la camiseta, fue hacia Lily.

—Si sigues mirándome así, voy a despejar la manta y a hacer mejor uso de ella —la advirtió, yendo hacia la orilla.

Lily puso los brazos en jarras con aire retador. Hacía un precioso día de verano y no recordaba haberlo pasado tan bien en mucho tiempo.

—¡Está helada! —exclamó Nash al meter un pie.

—No seas crío —dijo ella, soltando una carcajada—. Solo está fresca.

–Te voy a demostrar lo crío que soy.

Nash se inclinó y tomando agua en las manos la dejó deslizarse por las pantorrillas de Lily.

El frescor no consiguió que el deseo que había estallado en ella remitiera. Nash la excitaba como no lo había hecho nadie. Además, le hacía reír y apreciar cómo podía ser una relación entre dos personas distintas. A medida que pasaban los días, mayor era su deseo de que la relación funcionara. Quería un hombre a su lado capaz de apoyarse en ella cuando lo necesitara, y que al mismo tiempo fuera protector y supiera tomar el mando cuando fuera preciso. Quería a Nash.

Sin alzarse, Nash la miró con ojos brillantes.

–Tienes razón, es una buena forma de refrescarse –dijo, insinuante.

–¿Es que solo piensas en sexo? –dijo ella, riendo y pensando que no le importaría que la arrastra a la manta y se aprovechara de ella.

–Soy un hombre –dijo él, sonriendo con picardía–. Además, ¿cómo voy a evitarlo si me miras como si quisieras devorarme?

Sin poder contenerse, Lily le dio con un pie en el pecho con suficiente fuerza como para que Nash se cayera sobre el trasero. Cruzándose de brazos, ella hizo un esfuerzo sobrehumano para no reír al ver la cara de sorpresa con la que él la miraba.

–Pensaba que necesitabas un poco de agua fría.

–Cariño, siempre que estoy contigo necesito una ducha de agua fría –dijo él. Y tras ponerse en pie, la rodeó por la cintura con los brazos mojados y la estrechó contra sí–. No niegues que me quieres por mi cuerpo.

–Me parece que necesitas que te bajen los humos –dijo ella, enarcando una ceja.

–¿Y vas a ser tú la encargada de hacerlo? –preguntó él, seductor.

–Desde luego. Es evidente que eres muy atractivo, pero yo quiero más que tu exterior –Lily le mordisqueó los labios–. Quiero conocer al hombre detrás de ese atractivo aspecto desaliñado. Sé que eres mucho más que lo que me muestras.

Nash se tensó y entornó los ojos.

–¿Y si lo que descubres no te gusta?

La conversación estaba adquiriendo una inesperada solemnidad y a Lily le inquietó que Nash hablara como si pudiera haber algo en él que no le agradara.

–¿Cuánto más me queda por descubrir? –preguntó, tragando el nudo de inquietud que le atenazaba la garganta.

Nash la asió por las nalgas y contestó:

–Necesitarías toda una vida para averiguarlo.

Lily sintió un estallido de deseo y de ternura. ¿La quería a su lado para siempre? ¿Estaban preparados para mantener aquella conversación?

Súbitamente se le nubló la vista y el mundo dio vueltas a su alrededor a la vez que la frente se le perló de sudor.

Oyó que Nash la llamaba antes de perder el conocimiento.

Capítulo Ocho

Nash corrió con Lily en brazos. Un instante estaba a punto de confesárselo todo y al siguiente, ella se desmayaba. Nash jamás había experimentado un miedo parecido.

En cuanto llegó al porche la echó sobre un diván, a la sombra. Lily parpadeó, Nash se sentó a su lado y le retiró el cabello del rostro. Había recuperado algo de color.

–¿Nash?

–Tranquila –susurró él–. Te has desmayado. No te muevas. Voy a llamar a la doctora.

Lily lo asió por el brazo.

–No hace falta. Estoy bien. Ha sido solo un golpe de calor.

–Quiero que la médico confirme que estáis bien el bebé y tú –retiró la mano de Lily de su brazo delicadamente y le besó la palma–. Tenemos que asegurarnos.

Entró en la casa a por su teléfono. Cuando volvió al porche, Lily seguía echada, con los brazos cruzados sobre el vientre. La doctora dijo que acudiría en diez minutos.

Nash posó una mano sobre las de ella.

–¿Te duele algo?

Lily sacudió la cabeza al tiempo que cerraba los ojos con fuerza y una lágrima se le deslizaba hacia la sien. Nash la secó.

–Háblame –dijo, acariciándole la mejilla–. ¿Te duele algo, estás mareada?

Lily abrió los ojos.

–Estoy perfectamente, pero me he asustado. ¿Y si algo va mal?

Nash compartía su inquietud, pero estaba decidido a mostrarse fuerte para que se sintiera segura. La idea de que su madre hubiera podido pasar por algo así sola le resultaba odiosa.

–Todo irá bien, ya lo verás –la tranquilizó.

Los ojos de Lily se llenaron de lágrimas y le tembló la barbilla. Nash no soportaba sentirse tan inútil. Estaba acostumbrado a conseguir lo que quería gracias a su poder o su dinero. Pero no podía hacer nada con la mujer y el bebé que tanto empezaban a significar para él. El hecho de que hubieran pasado a ser su prioridad, incluso por encima de sus objetivos principales, eran una indicación de que cada vez estaba más enamorado de Lily.

–¿Qué estamos haciendo? –preguntó ella con voz temblorosa–. ¿Cómo vamos a criar a nuestro bebé si vivimos en extremos opuestos del país y tenemos vidas tan distintas?

Nash sabía lo suficiente de embarazos como para intuir que Lily tenía las hormonas disparadas y que, con el susto, su mente había entrado en hiperactividad. Para calmarla, necesitaría encontrar las palabras adecuadas.

–Ahora mismo solo debes pensar en relajarte, porque nuestro bebé depende de que te encuentres bien.

Lily lo miró con los ojos nublados por las lágrimas. Tras una vacilación inicial, asintió y sonrió.

–Tienes razón. Lo importante es que la niña esté bien. Lo demás lo resolveremos más tarde.

Nash tomó una mano de Lily entre las suyas.

–¿Te das cuenta de que te refieres al bebé a menudo como «la niña»?

–Lo sé. Me da lo mismo lo que sea, pero algo me dice que es una niña.

La imagen de una niña con las preciosas facciones de Lily conmovió a Nash. Pero se pareciera a quien se pareciera, aquel bebé iba a ser amado, sabría cuál era su lugar en la familia y no le faltaría nada… ni material ni anímicamente.

Después de que la doctora la visitara y dijera que todo iba bien, Nash insistió en que Lily descansara. A esta le hizo gracia un rato su actitud protectora, pero al cabo de un rato empezó a cansarse de que se asomara para asegurarse de que estaba bien cada vez que se movía. Iba a decirle que no pensaba seguir acostada el resto del embarazo y que al día siguiente se levantaría y haría algo.

Su móvil vibró en la mesilla y Lily vio que se trataba de un mensaje de Ian: ¿Has recibido mi mensaje de voz?

Lily lo escuchó con el corazón palpitante. Ian le

ofrecía el papel de su vida y tenía que contestar lo antes posible. No más tarde del lunes.

Le contestó que al día siguiente tendría una respuesta. No se molestó en explicarle los acontecimientos del día porque no quería preocuparlo o que pensara que no estaba en condiciones de trabajar.

Estaba dándole vueltas a la fantástica oportunidad que representaría aquel papel cuando Nash se acercó a la cama.

–¿Sigues bien?

–No creas que voy a pasarme los próximos meses en la cama –dijo Lily.

Nash le levantó las piernas, se sentó y se las colocó sobre el regazo.

–No sé si mi corazón aguantaría otro desmayo –bromeó. Tras una pausa, añadió–: Acabo de hablar con Damon.

–¿Te ha llamado él? –preguntó Lily, expectante.

Nash sonrió.

–Sí. Quiere que vayamos a comer mañana. Pero tú no tienes por qué venir si no quieres.

Lily se irguió.

–Primero, me duele que pienses que no quiero ir. Segundo, si eres tú el que no está cómodo conmigo al ir a visitar a tu nueva familia, dímelo. Sé que quieres conocerlos mejor y que yo soy una extraña.

Nash deslizó las manos por sus muslos y se inclinó hacia adelante.

–Jamás dudes de que te quiero a mi lado. No quería que te sintieras obligada a formar parte de mi drama familiar.

Lily se dijo que el hecho de que Nash la quisiera junto a él era significativo respecto a la dirección que estaba tomando su relación.

–¿Vas a decirles lo del bebé? –preguntó.

Nash sacudió la cabeza.

–No estoy seguro. Prefiero que decidas tú.

–Puesto que Ian lo sabe, y aunque me prometió no decírselo a nadie, puede que Cassie también lo sepa.

Lily pensó que, dado que los Barrington también solían ser acosados por la prensa, comprenderían su deseo de preservar su privacidad y la de su bebé. Así que añadió:

–No me importa que lo sepan –dijo. Y le alegró ver que Nash sonreía de oreja a oreja.

–¿De verdad?

–De verdad, así tendrán algo positivo de lo que hablar y se suavizará el golpe de conocer tu identidad.

La sonrisa se borró de los labios de Nash y una sombra que Lily no supo interpretar le enturbió la mirada.

–¿Estás bien? –preguntó ella, sin saber qué habría dicho para preocuparlo.

Nash parpadeó.

–Perfectamente. Supongo que me pregunto cómo voy a encajar en la vida de Damon.

Lily le tomó el rostro entre las manos y mirándolo fijamente, dijo:

–Vas a encajar a la perfección. Todo irá bien, ya lo verás.

–Estaba todo buenísimo –dijo Lily, dejando la servilleta en la mesa–. Gracias.

–Un placer –contestó Damon, sonriendo.

Nash había acudido a la comida con aprensión, pero por el momento estaba encantado con la facilidad con la que Lily y él se habían incorporado a la familia... como si fueran una pareja de verdad visitando a sus padres.

Ian, Cassie y la pequeña de esta estaban en un lado de la mesa. Tessa, su marido Grant, Lily y él ocupaban el otro. Y Damon, como el patriarca que era, presidía.

El hombre tan seguro de sí mismo no tenía ni idea de que acababa de tener como invitado a su rival.

Nash habría dado lo que fuera por que Damon y él no estuvieran enfrentados en los negocios. Odiaba mentir, odiaba hacerse pasar por otro para conseguir los purasangres que necesitaba para completar su programa de crianza.

Cuando había trazado el plan, no le había importado mentir, robar ni engañar para conseguir lo que quería, pero Lily hacía que quisiera ser mejor persona.

Además, había llegado a conocer a Damon, y se había dado cuenta de que se parecían. Los dos sabían lo que querían y se proponían conseguirlo a costa de lo que fuera.

Como él, Damon era un apasionado de los caballos, estaba dispuesto a hacer lo que hiciera falta por su familia. Esa era una faceta nueva para él, puesto que hasta entonces solo lo había visto como un implacable hombre de negocios.

El problema era que estaba atrapado en sus propias mentiras, y que seguía necesitando los caballos desesperadamente para cruzarlos con los suyos. No había conseguido buenos resultados en las dos últimas temporadas, y tenía que hacer algo para mejorarlos.

Lily posó la mano en su muslo por debajo de la mesa.

—¿Estás bien? —susurró.

Apartando aquellos pensamientos de su mente, Nash le dio una palmadita en la mano.

—Sí.

—Nash, me gustaría hablar contigo si no te importa dar un paseo hacia los establos —dijo Damon en ese momento.

—Por supuesto —contestó Nash, preguntándose qué querría comentarle en privado. ¿Habría averiguado el resto de la verdad? Lo dudaba, pero siempre cabía esa posibilidad.

—No pensarás hablar de trabajo, ¿verdad? —preguntó Tessa.

—En absoluto —Damon se puso en pie y le dio el plato a Linda, que acababa de entrar en el comedor—. Gracias, pero lo habría llevado a la cocina yo mismo.

Linda, la cocinera y magnífica mujer para todo de la familia, rio.

–No lo dudo. Hace años que te he enseñado a hacerlo.

–Idos –dijo Lily a Damon y a Nash–, yo ayudaré a recoger.

Tanto Tessa como Cassie se pusieron en pie e insistieron en que no hacía falta, pero Lily se puso en acción igualmente.

–Más nos vale ayudar, Ian –dijo Grant, echando su silla hacia atrás–. No sé tú, pero yo prefiero evitar la bronca de mi mujer.

Ian sacó a Emily de la trona y se la colocó en la cadera.

–Me temo que el olor que viene de este lado me obliga a ocuparme del cambio de pañales. Te dejo a ti ocuparte de las sobras.

Lily no pudo evitar emocionarse al ver lo bien que se llevaban todos en aquella familia, y se preguntó qué sentiría viviendo allí, formando parte de un círculo tan estrecho. Su madre y ella estaban muy unidas, pero no podía evitar preguntarse cómo iba a poder criar a un bebé en Los Ángeles, y qué vida le daría cuando tuviera que ir de un rodaje a otro.

–¿Lily?

La dulzura de la voz de Nash y sentir su mano en el codo le hizo volverse.

–Disculpa, ¿qué?

Se dio cuenta de que todos la observaban. Durante las semanas de rodaje había dado la imagen de una profesional, pero en ese momento la miraban como si tuviera dos cabezas.

–Te he preguntado si te encuentras bien –dijo Ian desde el otro lado de la mesa.

Lily asintió con la cabeza y dijo a bocajarro:

–Estoy embarazada.

Nash rio.

–¡Qué gran manera de dar la noticia, cariño!

Lily se volvió hacia él como si hubiera hecho algo malo.

–Perdona. He metido la pata.

Nash le quitó la pila de platos de las manos y le besó la mejilla.

–No pasa nada.

Lily miró una a una las caras atónitas que la observaban. Solo Ian , que sonreía, le guiñó un ojo.

–Tranquilos –dijo ella, sonriendo a la vez que contenía las lágrimas–. Nash y yo estamos muy contentos, aunque no lo habíamos planeado.

–Un hijo y un nieto o nieta en la misma semana –dijo Damon con una amplia sonrisa–. Esto exige una celebración.

–¿Por qué no el miércoles? –sugirió Cassie, juntando las manos–.

Lily sintió que la cabeza le daba vueltas mientras las hermanas, y Linda cuando entró y se enteró de la noticia, empezaron a hacer planes.

Nash se inclinó hacia ella y le susurró al oído:

–Creo que están muy contentas.

Damon rodeó la mesa y le posó las manos en los hombros a Lily.

–Enhorabuena, Lily. Me alegro mucho por vosotros.

Lily sintió que la emoción le atenazaba la garganta. El recién encontrado padre de Nash les daba la bienvenida a ella y al bebé. Eso era lo que siempre había deseado para sus hijos: un claro sentimiento de pertenencia.

–Gracias.

Nash le posó la mano en la espalda.

–Por el momento no queremos que se sepa –informó a su padre–. Lily se ha tomado un tiempo libre para que podamos decidir sobre los siguientes pasos. Si la prensa se entera antes de que estemos preparados…

–Lo comprendo perfectamente –Damon asintió–. Si necesitas cualquier cosa, dínoslo. También nosotros valoramos la discreción. Prometo no robarte a Nash mucho tiempo. Cuando volvamos podemos seguir celebrándolo.

Nash besó a Lily en la mejilla.

–En seguida vuelvo –susurró, siguiendo a Damon y a los otros hombres fuera de la habitación.

Lily miró a Tessa, Cassie y Linda, que no paraban de sonreír. Habría dado lo que fuera por tener claro qué eran Nash y ella, porque temía seguir encariñándose con aquellas maravillosas mujeres si su relación no iba a ser duradera.

Puesto que Nash acababa de decirle a su familia quién era, ¿querría estrechar los lazos con ellos? Lo que Lily dudaba que hiciera era seguirla a ella a Los Ángeles. Pero ella tenía un trabajo y obligaciones que no podía abandonar.

A pesar de que su trabajo pudiera causarle problemas en su vida privada, a ella le encantaba la oportunidad que le daba de interpretar distintas personalidades y de explorar todo tipo de emociones. Todavía no había decidido si aceptar el papel que Ian le había propuesto porque quería hablar antes con Nash.

Necesitaba saber qué pensaba y qué sentía antes de que su afecto por aquella familia siguiera creciendo.

Aunque temía que fuera demasiado tarde para evitarlo.

Capítulo Nueve

Nash y Damon entraron en el establo, donde los recibió el familiar olor a heno y un par de caballos que asomaron la cabeza como si quisieran saludar a los recién llegados.

Nash sintió que se le encogía el corazón. Nunca había pensado en aquella propiedad como un lugar en el que fuera a ser bien recibido una vez Damon averiguara la verdad. Pero lo cierto era que había llegado a amar sinceramente aquellas tierras y aquellos caballos.

–Hablando de hombre a hombre –preguntó Damon según avanzaban por el pasillo central–. ¿Hasta qué punto estás nervioso con este embarazo?

Nash rio.

–La verdad es que bastante. No por tener un hijo en sí, y estoy seguro de que Lily va a ser una magnífica madre. Mi principal preocupación es que tenga un buen embarazo.

Damon se detuvo delante del cubículo de Don Pedro, el caballo con el que Tessa había ganado la Triple Copa, gracias al cual las hermanas Barrington se habían convertido en las primeras mujeres que conseguían aquel histórico triunfo.

–Es una posición difícil para un hombre que

está acostumbrado a tener control sobre lo que le rodea –dijo Damon, posando la mano sobre la media portezuela–. Cuando Rose se quedó embarazada de las chicas, estuve hecho un manojo de nervios hasta que dio a luz. Pero en cuanto las tuve en mis brazos, supe que jamás permitiría que nada ni nadie les hiciera daño. Vendería mi alma al diablo para preservar la felicidad de mis hijas.

–Lily se ha mareado un par de veces y tiene la tensión un poco alta, así que ahora mismo lo importante es que esté relajada –Nash le acarició el hocico al caballo–. Pero estoy seguro de que no me has traído aquí para hablar de bebés.

Damon retrocedió un paso y, cruzándose de brazos, asintió.

–Quiero hacerte una oferta.

Intrigado, Nash siguió acariciando al caballo. Dijera lo que dijera Damon, debía recordar que era él, y no su padre, quien estaba en la mejor posición. El futuro de ambos y de su relación dependía de cómo jugara sus cartas.

–Como sabes, Tessa y Cassie se han retirado. Cassie quiere abrir un colegio para niños con dificultades físicas, y Tessa y Grant están pensando en mudarse –Damon miró fijamente a Nash–. Me han ofrecido una cantidad desorbitante por varios de mis caballos y todavía no he aceptado.

Nash tuvo que hacer un esfuerzo sobrehumano para no echarse a reír.

–Sé que acabamos de descubrir quiénes somos –continuó Damon–, pero quiero darte a Don Pedro. Llevo pensándolo desde la otra noche y sé que no te compensa por mi ausencia durante toda tu vida, pero eres el mejor mozo de cuadra que he tenido y este es mi mejor caballo. Quiero que sea tuyo.

Nash tuvo que controlarse para no quedarse boquiabierto. Debía mantenerse impertérrito. ¿Damon Barrington le regalaba su caballo más valioso?

—Jamás hubiera esperado algo así —dijo.

Llevaba todo aquel tiempo haciendo una oferta tras otra, todas rechazadas, y en aquel instante Damon entregaba a su rival el caballo por propia voluntad. ¿Habría hecho lo mismo meses antes al saber que era su hijo, o solo se lo daba porque estaba seguro de que cuidaría adecuadamente de él?

Haber engañado a un hombre al que había acabado apreciando se había convertido en una losa. Todo aquello no podía tener un buen final para nadie.

—¿Qué opina Tessa? —preguntó.

Damon hizo un gesto con la mano y luego acarició el cuello de Thoroughbred.

—Sabía que de todas formas íbamos a venderlo al final de la temporada, así que está de acuerdo. De hecho, si Cassie no se opone, voy a vender un par más. Es la que más se encariña con ellos después de haberlos entrenado.

Nash tenía la sensación de tener al alcance de la mano su meta, y aunque sus prioridades hubieran cambiado, seguía queriendo a San Pedro. Conseguirlo por medio de engaños era lo que ya no le satisfacía.

—Podrías conseguir mucho dinero de otros criadores de caballos —dijo tras un breve silencio—. ¿Estás seguro de que quieres regalarlo?

—Lo sé, pero para mí las carreras nunca han sido una cuestión de dinero —Damon se cruzó hacia otro cubículo para acariciar otro caballo, llamado Oliver—. Cuando era joven me apasionaba montar. Me crio mi madre y no tenía dinero para comprarme un caballo, así que me dieron clase en una granja local a cambio de trabajar en los establos. Fue muy duro, pero ahorré para comprar mi primer caballo.

Nash se sintió atravesado por la culpa al descubrir hasta qué punto sus infancias se parecían.

—Sé lo que es trabajar para superarse —continuó Damon, acodándose en una cancela—, y quiero compensarte por lo que has conseguido aquí en poco tiempo. Entiendo que originalmente viniste para espiarnos, pero tengo que admitir que yo habría hecho lo mismo.

La emoción le atenazaba la garganta a Nash de tal manera que apenas podía tragar. Jamás hubiera soñado con tener un momento tan íntimo y afectuoso con Damon, y menos aún que compartiera su pasado con él para convencerlo de que aceptara un caballo como regalo.

Miró hacia el ejemplar que tanto codiciaba. Tenía lo que más deseaba al alcance de la mano pero, ¿sería capaz de quedarse con Don Pedro? ¿Cómo podía aceptarlo cuando la situación había cambiado tan radicalmente?

Por otro lado, si lo rechazaba, tendría que dar

una explicación y todavía no estaba en condiciones de contar toda la verdad. Así que apretó un poco más la madeja que había tejido en torno a sí mismo y se volvió hacia Damon.

—Cuidaré de él —dijo, forzando una sonrisa.

Damon se relajó y sonrió.

—Mi único hijo se lo merece todo.

La culpabilidad se retorció dentro del pecho de Nash. Acababa de convertirse en el hombre que nunca hubiera deseado. Porque finalmente, acabaría destrozando las relaciones que había empezado a construir y que había llegado a valorar por encima de cualquier otra cosa.

Hasta que había llegado allí no había sido consciente de cuánto echaba de menos una familia. Luego, al enterarse de que iba a tener un hijo, ese sentimiento se había intensificado. Y sin embargo, precisamente cuando su corazón estaba desbordado por los vínculos de afecto familiares, estaba más cerca de que todos ellos desaparecieran de su vida.

Tenía que encontrar la manera de desvelar la verdad causando el menor daño posible. Todo aquello que había creído tener bajo un férreo control se le escapaba entre los dedos y amenazaba con hacerse añicos.

Lily no recordaba haber reído tanto hacía mucho tiempo. En Los Ángeles no tenía un buen grupo de amigas, y estar con Cassie, Tessa y Linda era tan divertido como estar con su madre.

—¿Qué queréis de postre? —preguntó Linda, cruzando las piernas y apoyando un cuaderno en el muslo—. Hasta ahora solo tengo los platos principales. ¿Tienes algún postre favorito, Lily?

—Le encanta el chocolate.

Lily se sobresaltó y, al mirar a la puerta, vio a Nash, que con una camiseta ajustada y vaqueros gastados la dejó sin aliento. Él clavó la mirada en ella.

—Si no me equivoco, prefiere el chocolate con leche —continuó en una voz que Lily encontró de una irresistible sensualidad—. Y el helado le entusiasma, ¿verdad, Lily?

Lily contuvo un estremecimiento. Nash conseguía excitarla con su sola presencia aunque estuviera en una habitación llena de gente.

—¿Por qué no hacemos unas copas heladas? —sugirió Linda, ajena a la tensión sexual.

—Emily estará feliz —dijo Cassie, riendo.

—Y a mí todo lo que sea chocolate siempre me parece bien —comentó Tessa.

Lily sonrió, emocionada por que la incluyeran en el círculo familiar.

—¿Qué queréis que traiga yo? —preguntó.

—Tu persona —dijo Cassie, dándole una palmadita en el muslo—. Nadie puede competir con lo que prepare Linda. Trae contigo a Nash y un buen apetito. Eso es todo.

Lily miró a Linda, que no paraba de tomar notas. Sabía que era una increíble cocinera porque había sido la encargada de alimentar al equipo de rodaje.

–No puedo quejarme –dijo, disimulando un bostezo–. Últimamente estoy muy cansada.

–Es lo habitual en el primer trimestre –dijo Cassie, sonriendo con dulzura.

Nash fue hacia Lily y, tendiéndole la mano, sugirió:

–¿Por qué no vamos a casa? Está haciéndose tarde.

Lily miró por la ventana y vio que oscurecía. El tiempo había pasado volando.

–Lo he pasado en grande –dijo–. Gracias por habernos invitado.

–Eres bienvenida siempre que quieras –contestó Tessa–. Ven cuando Nash esté trabajando; nos encanta la compañía femenina.

–Menos mal que no te han oído los chicos –dijo Linda, dejando el cuaderno sobre la mesa–. Pero estoy de acuerdo contigo. Ven siempre que quieras.

Tras despedirse, Nash y Lily fueron a casa, la casa en la que, sin proponérselo, Lily empezaba a pensar como su hogar. De hecho, Los Ángeles le resultaba un lugar lejano, como si hubieran pasado siglos desde que había estado en su espaciosa mansión. La mera idea de volver a aquel solitario lugar la deprimía. Nunca antes se había enamorado de un sitio, ni de un grupo de gente, hasta que había llegado a Stony Ridge. Una parte de ella no quería marcharse, y otra tenía que ser realista y ser consciente de que no podía quedarse allí para siempre. Su trabajo no le permitía enraizarse.

¿Cómo iba a criar a un bebé con un hombre que

residía allí? ¿Cómo iba a dejar al hombre del que se había enamorado tan rápidamente?

Se sintió al borde de las lágrimas, algo que en las últimas semanas se estaba convirtiendo en habitual. Debía de tener las hormonas alborotadas, tal y como decía en los libros que había leído. Se sorbió la nariz discretamente y miró por la ventana.

–¿Estás bien? –preguntó él, apretándole una mano afectuosamente.

Lily lo miró.

–Me encanta estar aquí –se oyó decir–. Es tan apacible, tan agradable. Hoy me he sentido como una persona normal.

Nash rio quedamente.

–Cariño, vas a tener que aclararme ese último comentario.

Bajando la mirada a sus manos entrelazadas; la de Nash tan grande y morena y la suya, delicada y pálida, Lily buscó las palabras con las que expresar lo que sentía.

–Allá donde voy me tratan como a una estrella. No me importan ni las fotografías ni los autógrafos, porque forman parte de mi trabajo. Pero eso es lo que es para mí: un trabajo. No me siento en un nivel superior a los demás. Hoy me han tratado como si fuera simplemente una amiga de la familia, me han abierto las puertas de su casa, y me he divertido sin preocuparme de las mezquindades que forman parte de la industria

Nash continuó conduciendo en silencio y Lily pensó que estaba diciendo tonterías.

–Perdona –se disculpó–. Supongo que te parece absurdo. Me preocupa que la prensa me acose cuando vuelva a Los Ángeles. Son capaces de rebuscar en mi basura para encontrar información. Creo que para evitarlo, voy a seguir tu consejo y a hacer una declaración oficial. Pero este lugar y esta gente son increíbles. Me siento segura y cómoda, y me va a costar mucho marcharme.

Ya lo había dicho. Ansiaba saber qué pensaba Nash al respecto y tenían que haberlo hablado hacía días. La incertidumbre respecto al futuro estaba empezando a crearle una ansiedad que no estaba segura de poder dominar.

–¿Quieres quedarte?

Esa era la pregunta que ella llevaba tiempo haciéndose a sí misma.

–Quiero saber qué quieres tú.

Lily era consciente de que era una respuesta cobarde, pero necesitaba saber cuál era la posición de Nash.

–Yo quiero que seas feliz, que nuestro bebé nazca bien y que construyamos una relación a partir de lo que tenemos.

–¿Y qué tenemos? –preguntó Lily.

Nash tomó el camino de acceso a su casa. Delante de la puerta apagó el motor y miró a Lily.

–¿Quieres que te diga lo que pienso? –preguntó él, tomándole ambas manos como si fueran un salvavidas–. Yo quiero que tú decidas qué te hace feliz. ¿Quieres volver a Los Ángeles? ¿Quieres quedarte aquí hasta que nazca el bebé y decidir entonces? No te voy a pedir que elijas entre el bebé y tu carrera, jamás lo haría. Pero decidas lo que decidas, más te vale incluirme en el plan, porque yo quiero que formemos un equipo, una familia. Voy a conseguir lo que quiero y no pienso darme por vencido.

Tiró de Lily y la besó como un hombre desesperado y hambriento que reclamara su presa. Lily se abrió a él, aliada con aquella declaración de que la quería en su vida, y excitada por la furia con la que la marcaba como suya.

Nash siempre le hacía sentir deseada y, aunque temiera equivocarse, amada.

Pero también fue consciente en ese momento de que no había sacado el tema del papel que le había ofrecido Ian y sobre el que debía dar una respuesta al día siguiente.

Cuando Nash separó sus labios de los de ella y la miró, Lily supo que tenía que tomar una decisión muy importante. Y en aquella ocasión lo que decidiera respecto a su carrera iba a afectar al hombre del que estaba enamorada.

Lily se había desmaquillado y se había preparado para ir a la cama. Desde que habían llegado no había visto a Nash, quien, tras dejar las llaves en la mesa de la entrada, había salido diciendo que volvía enseguida.

De eso hacía una hora. Lily le había dado espacio, aunque se preguntaba qué estaría pensando, si temía haberle dicho demasiado en el coche, si estaba reflexionando sobre su relación con los Barrington, o estaba preocupado por el bebé o por lo que hubieran hablado él y Damon. Nash no le había dicho palabra al respecto, y ella no estaba segura de si debía preguntarle o esperar a que Nash se lo contara cuando quisiera.

La cuestión era que solo se sinceraba con ella cuando se trataba de sentimientos superficiales y no de sus miedos, y Lily decidió que para que la relación funcionara debían mantener una línea de conversación abierta.

Descalza y en camisón, salió al jardín y vio a Nash en la penumbra, sentado en una hamaca bajo un gran roble.

Lily vaciló entre perturbar su calma o volver dentro y dejarlo solo, pero antes de que se moviera, Nash la vio. Aun en la oscuridad, su mirada era de evidente inquietud.

En silencio, Nash alargó la mano en un gesto mudo para invitarla a acercarse. Ella cruzó el césped y cuando le tomó la mano, Nash tiró de ella para sentarla en su regazo. Lily apoyó la cabeza en su pecho. La combinación de su pausada respiración y de los grillos en la distancia hizo sonreír a Lily al imaginar lo fácil que sería acostumbrarse a aquella apacible atmósfera. No había motivo por el que no pudiera dejar Los Ángeles. Era conocida en la industria, tenía un buen agente y podía acudir a las localizaciones de rodaje viviera donde viviera. ¿Era posible que la solución fuera tan sencilla y la tuviera al alcance de la mano?

–Empezaba a inquietarme que no volvieras.

Nash le rodeo la cintura con los brazos.

–Cuando me siento aquí pierdo la noción del tiempo.

–No me extraña –Lily le recorrió el antebrazo con los dedos–. Es pura paz y tranquilidad.

Nash le puso las manos en el vientre.

–¿Cómo está nuestra niña?

–Perfectamente.

–¿Y tú? –Nash le besó la frente–. ¿Cómo te encuentras?

–Esperanzada –contestó Lily. Y era verdad.

El ritmo del corazón de Nash se aceleró. Lily tenía muchas dudas y preocupaciones, pero había algo de lo que estaba segura.

–Te amo –susurró. Y notó el cuerpo de Nash tensarse–. Sé que lo hemos hecho todo al revés y no espero que me contestes, pero tenía que decírtelo para que sepas que voy en serio.

Al ver que Nash guardaba silencio, a Lily se le encogió el corazón. Cuando el silencio empezó a hacérsele insoportable, hizo ademán de levantarse, pero Nash la retuvo.

–No te vayas –susurró.

Lily volvió a apoyar la cabeza en él y cerró los ojos con un suspiro.

–Lo eres todo para mí, Lily. No sabía lo que echaba de menos en la vida hasta que te he conocido. Pero todavía tengo que resolver unos cuantos problemas, sobre todo los relacionados con mi identidad.

Haber estado pensando en sí misma hizo que

Lily se sintiera culpable. Nash tenía muchos más problemas añadidos.

–Quiero entregarme a ti completamente –susurró Nash–. No quiero que nada se interponga entre nosotros. El bebé que hemos concebido es una bendición y quiero que formemos una familia. Pero antes tengo que poner unas cuantas cosas en orden.

Incorporándose, Lily se giró y se abrazó a su cuello con los ojos anegados en lágrimas.

–Nash, siento haberte presionado, pero no podía guardarme la verdad por más tiempo. Creo que empecé a enamorarme de ti el mismo día que nos conocimos.

Nash le tomó el rostro entre las manos y mirándola fijamente, dijo:

–No te merezco.

–Te mereces todo lo que desees –contestó ella, a la vez que sonreía y una lágrima se deslizaba por su mejilla.

–Espero que tengas razón –añadió Nash, secándosela con el pulgar.

Lily le besó los labios antes de volver a acomodarse sobre él.

–¿Te hago daño? –preguntó.

–Nunca.

Aunque Nash no pronunciara las palabras, Lily estaba convencida de que la amaba. Si no se daba cuenta todavía, era porque estaba lidiando con demasiados fantasmas a un tiempo.

–Me han ofrecido un papel interesante –dijo tras una pausa.

Percibió el cuerpo de Nash tensarse bajo el suyo.

–¿Te vuelves a Los Ángeles?

Lily entrelazó sus dedos con los de él.

–Por ahora no, pero si acepto el papel, tendré que ir por un tiempo. Además, tengo que ir a ver a mi madre.

–¿Cuál es el papel?

Lily rio.

–Algo que no he hecho hasta ahora. Es una película de animación y puede ser un gran éxito.

–¿Y qué opina Ian?

–Piensa que es perfecto, sobre todo porque estaré trabajando en un estudio y no importará que me crezca la tripa –Lily giró la cabeza para mirar a Nash–. Quería hablarlo contigo antes de contestarle.

–¿Cuándo tienes que darle la respuesta?

–Mañana por la noche.

Era la primera vez que Lily comentaba con alguien su carrera, y le resultaba entre agradable e inquietante.

–¿Quieres hacerlo?

–Creo que sí.

Nash se acomodó en el asiento, lo que hizo que Lily se incorporara para mirarlo.

–¿Qué harías si no estuvieras embarazada y no me conocieras? –preguntó él, acariciándole el muslo desnudo.

–Lo aceptaría.

Nash le dedicó una sonrisa sensual y asintió.

–Entonces debes aceptarlo, Lily. Debes seguir haciendo lo que te hace feliz.

Lily sintió que se quitaba un peso de encima.

–El rodaje no empieza hasta dentro de un par de meses. Aiden O'Neil es el coprotagonista.

–¿No era ese también el actor en el otro guion que rechazaste?

–Sí. Renunció a hacerlo al saber que yo no lo haría. Es amigo mío, igual que Max. ¡Lo bueno de este proyecto es que no tengo que preocuparme del maquillaje!

–Estás preciosa de cualquier manera –Nash le miró los labios y le subió la mano por el muslo.

El cuerpo de Lily reaccionó automáticamente.

–Sabes que eres el único hombre al que me he abierto desde el escándalo –dijo, temblorosa–. Nunca pensé que volviera a correr el riesgo de que me rompieran el corazón.

Nash la miró con gesto solemne.

–Me siento honrado, Lily.

–Si quieres que lo nuestro funcione, sabes que tendrás que soportar la presión de la prensa –Nash se tensó al instante. Lily sabía cuánto valoraba su privacidad. Le tomó el rostro entre las manos y susurró–: Hazme el amor.

De un solo movimiento, Nash la giró y la sentó sobre sí a horcajadas a la vez que le subía el camisón hasta la cintura. Lily se apoyó en sus hombros para alzarse y él se bajó la cremallera del pantalón.

–No puedo esperar –dijo él, deslizando una mano entre sus muslos y acariciándola hasta que Lily echo la cabeza hacia atrás y puso los ojos en blanco–. ¿Tú?

Lily se aferró a él, jadeante.

–No, por favor, Nash.

Sus gemidos y la forma en que mecía las caderas contra él; sus ojos entornados y su expresión de placer estuvieron a punto de conseguir que Nash perdiera el control.

¡Le debía tanto! Mientras ella le entregaba su amor libremente, él la traicionaba, ocultándole la verdad. La posibilidad de que Lily desapareciera de su vida era inconcebible. Porque la amaba. Y cuando había hecho su susurrada declaración, él había tenido que hacer acopio de toda su fuerza de voluntad para mantenerse callado.

No podía decirle que la amaba mientras la mintiera. Y solo podía decirle la verdad una vez hablara con Damon.

Retirando la mano, asió a Lily por las caderas y la alzó para bajarla sobre él, luego la abrazó y atrapó su boca. Ella enredó los dedos en su cabello, haciéndole recordar que vivía una mentira; el cabello largo, la barba, la casa de alquiler... todo mentira.

Todo excepto que la amaba.

Entonces, Lily separó sus labios de los de él y mirándolo fijamente, dijo:

–Te amo.

Y estalló en un clímax al que la siguió Nash, lamentándose de que todavía no hubiera llegado la hora de poder decirle lo mismo.

Capítulo Diez

Después de una fabulosa comida, el clan Barrington esperaba en el jardín los fuegos artificiales. Habían sacado mantas y las había distribuido
irregularmente, de manera que parecía una gigan-
tesca alfombra. Ian, Cassie y la pequeña Emily ocupaban una. Otras, Tessa y Grant. Lily estaba entre
las piernas de Nash, con la espalda apoyada en su
pecho. Y, sorprendentemente, Damon y Linda ocupaban otra, charlando y…. ¿cuchicheando?

¿Habría algo ente ellos? Nash sonrió, alegrándo-
se por Damon.

Apoyó las manos en el vientre de Lily. Había organizado ya el viaje para ir a ver a su madre, y él iba
a aprovechar esos días para hablar con Damon.

Cuando se disparó el primer cohete, Emily gritó
y dio saltitos de alegría.

–Es preciosa –dijo Lily.

Cassie rio.

–Gracias. Pensaba que el ruido iba a asustarla,
pero se ve que no.

Emily aplaudió con cada cohete. Nash vio a Tessa sonreír con complicidad a Grant y que este posa-
ba una mano en su vientre… Quizá iban a anunciar
algo.

Definitivamente, tenía que revelar quién era cuanto antes, porque quería formar parte de aquella familia. Al menos si lo aceptaban después de que les contara toda la verdad. También tenía que hablar con su madre y contarle lo del embarazo. No había querido darle la noticia por teléfono.

–Voy a por una botella de agua. ¿Quieres algo? –preguntó Lily, poniéndose en pie.

–Estoy bien, gracias. Podía habértela traído yo.

–Todavía puedo valerme por mí misma –dijo ella, riendo.

Al rodear a Nash, este observó que Tessa se ponía también en pie y la seguía. En segundos, Cassie y Linda la imitaron.

Damon se volvió hacia los demás y comentó:

–Las damas nos han abandonado.

Los cohetes seguían iluminando el cielo.

–Supongo que Tessa les está dando la noticia –dijo Grant con una amplia sonrisa

Ian los miró de hito en hito.

–¿Se puede saber qué está pasando?

–También nosotros esperamos un bebé –dijo Grant.

Ian le dio una palmada en el hombro.

–¡Es fantástico! ¡Enhorabuena!

–Me alegro por vosotros –dijo Nash.

–Seguro que las chicas están hablando de bebés y de embarazos –dijo Damon–. Linda ha tratado a mis hijas como si fueran suyas desde que Rose falleció. Estará atosigándola para asegurarse de que coma bien y descansa suficiente.

–Ya me ocupo yo de eso –dijo Grant. Se pasó los dedos por el cabello–: Lo que no puedo es contener sus emociones.

–Pues eso no va a cambiar en un tiempo –le informó Nash–. Lily puede pasar de la risa al llanto en segundos.

Ian retiró el cabello del rostro de Emily.

–Cassie lleva tiempo queriendo tener otro hijo –comentó–. Y sospecho que ahora va a insistir más. A ver si consigo que espere un año.

–Mi familia va en aumento –dijo Damon, irradiando felicidad y alzando la vista hacia Linda, que había vuelto y se acomodó de nuevo a su lado–. Vienen tiempos maravillosos.

–Desde luego que sí –dijo ella, dándole una palmada en el muslo.

Y Nash tuvo la certeza de que había algo entre ellos.

Cassie, Tessa y Lily volvieron y se sentaron en sus correspondientes sitios.

Nash se inclinó y le dijo a Tessa:

–Enhorabuena por el bebé.

Tessa sonrió de oreja a oreja.

–Gracias. Me siento muy feliz.

Continuaron charlando tras los fuegos artificiales. Emily se quedó dormida en brazos de Ian y Nash no pudo evitar sentir que se le henchía el corazón al imaginarse a sí mismo en un tiempo con su bebé; al pensar que podía ser el consuelo y la estabilidad de otra vida.

Lily le dio un beso y susurró:

–Gracias por traerme.

–Yo no te he traído –dijo él riendo y estrechándola contra sí–. Te trajo el cine.

Lily le recorrió el brazo con los dedos.

–Ya sabes a lo que me refiero. Me has incluido en tu vida y en tu nueva familia aunque nos conocemos desde hace poco tiempo. Siento que pertenezco a este lugar, como siento que contigo estoy en casa. No tienes ni idea de cuánto significa para mí.

Sí lo sabía, porque valoraba la familia tanto como ella, y porque sabía que los dos querían que su bebé conociera ese estrecho vínculo.

¿Se rompería ese lazo cuando desvelara la verdad?

Nash le besó la punta de la nariz y dijo:

–Te lo mereces.

Y tendría que encontrar la manera de convencerla de que no le había mentido premeditadamente. Y de que su lugar estaba junto a él.

Lo primero que tenía que hacer era recuperar su vida. Nash amaba a Lily, no había duda de ello. Y aprovechando que ella estaba visitando a su madre en Arizona, estaba decidido a hablar con su padre.

Nash recorrió el salón de arriba a abajo. Había saludado a Linda, que fregaba los platos del desayuno, y no le prometió que se quedaría a comer, tal y como ella sugirió. Nash dudaba que fuera a ser bienvenido una vez hablara con Damon.

Tenía un nudo en el estómago.

—Nash, ¡no te esperaba hoy! –Damon entró y fue hacia él–. Aunque siempre me alegro de verte. ¿Qué te trae por aquí un sábado por la mañana? ¿Has venido con Lily?

Nash negó con la cabeza.

—Ha ido a ver a su madre. Quería hablar contigo de algo importante.

Damon rio y, dándole una palmada en el hombro, bromeó:

—La última vez que dijiste eso me anunciaste que eras mi hijo. ¿Qué vas a decirme?

Nash se pasó los dedos por el cabello con gesto nervioso. Señaló una silla.

—Será mejor que te sientes.

Nash se sentó en un sillón y apoyó los codos en las rodillas.

—He venido a decirte que no puedo aceptar a Don Pedro.

Damon frunció el ceño.

—Si te preocupa que vaya a perder dinero por no venderlo, olvídalo.

Nash sacudió la cabeza y apretó los puños.

—Sé que el dinero te da lo mismo. Y lo sé porque llevo tres meses intentando comprártelo.

Damon lo miró sumido en una total confusión.

—No te sigo.

—Barry Stallings te ha estado llamando.

Damon se irguió, como poniéndose en guardia.

—¿Cómo lo sabes?

Nash lo miró fijamente.

—Porque Barry es mi ayudante.

Damon se quedó paralizado unos segundos, estudiando el rostro de Nash; de pronto soltó una exclamación, se puso en pie de un salto y sacudió la cabeza, incrédulo.

—¿Cómo es posible? —musitó, más para sí mismo que para Nash—. Tú…, tú… ¿a qué has estado jugando? El pelo, la barba. Eres más corpulento de lo que recordaba, pero hace años que no te veo. ¿Desde cuándo tenías planeado venir a espiarme? ¿Es verdad que eres mi hijo?

Nash permaneció sentado, dejando que Damon creyera que tenía el control. Jamás había cedido el poder a nadie, pero la situación era demasiado grave como para preocuparse por la rivalidad que dominaba su relación.

—Sí, soy tu hijo, en eso no he mentido —contestó.

—¡Jake Roycroft es mi hijo! —Damon apretó los dientes—. Así que has venido para engañarme, disfrazado con ropa vieja, en una ranchera destartalada… ¡Lo tenías todo bien pensado!

Lo cierto era que no había mejor manera de describirlo.

—Así es —admitió Nash—. Quería saber qué ibas a hacer con los caballos; necesitaba un ganador para cruzarlo con mis yeguas, y tú tenías los mejores.

—Descubrir que era tu hijo fue como una bofetada —continuó Nash, decidido a contarlo todo al hombre al que había llegado a amar después de haberlo odiado como rival profesional—. No podía creerlo, pero la declaración de mi madre no dejó lugar a dudas. Durante años fue testigo de nuestra rivalidad con horror, pero cuando sufrió el ictus, no pudo guardar el secreto por más tiempo.

–¿Y cuál era tu plan original? –preguntó Damon en un tono gélido.

Nash se puso en pie.

–Pensaba que si me enteraba de qué planes tenías para los caballos podría hacerte una oferta que no podrías rechazar.

Nash fue hacia la repisa de la chimenea, donde había una fotografía de Tessa, Cassie y Damon delante de Don Pedro, el histórico día en que había ganado la Triple Copa. Había también fotografías de Rose con las niñas pequeñas. Era una familia muy unida y dudaba que después de aquel día le hicieran hueco en ella.

–Me debatía entre decirte o no decirte que era tu hijo –Nash se volvió. Damon lo observaba de brazos cruzados–. Pero cuanto más te conocía, más consciente era de que eras distinto al rival al que había llegado a conocer durante los últimos años. Como hombre de negocios eras implacable, pero con tu familia… eras distinto.

Nash se negaba a dejarse arrastrar por la desesperación que sentía. Solo si se mantenía sereno podría superar aquel momento.

–Entre mi relación secreta con Lily y no saber cómo decirte quién era, todo se ha ido complicando. Iba a contártelo cuando terminara el rodaje, cuando Lily y yo hubiéramos terminado y, con suerte, tú me hubieras vendido el caballo.

Damon lo miró entornando los ojos.

–Pero todo cambió al quedarse Lily embarazada, ¿no?

Romper todo vínculo con los Barrignton iba a destrozarlo. Pero lo aceptaría como un hombre. Solo confiaba en que aquellos a los que había llegado a querer sintieran algo de compasión por él.

–¿Has mentido a Lily todo este tiempo? –preguntó Damon. Sin esperar respuesta, continuó–: Así que sabe que eres mi hijo, pero no tiene ni idea de que eres millonario, con tierras y caballos –dijo, clavándole un puñal con cada palabra–. Cree que se ha enamorado de un simple y honesto trabajador. ¿Has esperado a que se fuera para contármelo creyendo que para cuando volviera todo estaría resuelto?

Nash odió que aquella descripción fuera la de un hombre siniestro y no la de alguien con buenas intenciones.

–Cuando vuelva voy a contárselo todo –contestó Nash, sosteniendo la iracunda mirada de Damon–. La amo. Cuando empezó todo esto no tenía ni idea de que acabaría sintiendo afecto por todos vosotros. Inicialmente, solo quería conseguir a Don Pedro a toda costa. Ahora, no lo quiero. Solo quiero a Lily y a mi padre. Tienes todo el poder en tus manos. Puedes romper todo vínculo conmigo o dejar que construyamos una relación.

Damon seguía observándolo con los ojos entornados.

–Si no quieres saber nada de mí, lo comprendería –concluyó Nash. Tenía que marcharse antes de humillarse y echarse a llorar como un niño–. Puesto que apenas he entrado en tu vida, podías seguir adelante como si nada de esto hubiera pasado.

Linda entró en la habitación.

–Damon…

–Ahora no, Linda.

Ella avanzó hasta colocarse a su lado.

–No tomes una decisión de la que vayas a arrepentirte –dijo.

Nash miró con sorpresa a la mujer madura que apartaba un trapo de cocina entre las manos. Jamás hubiera esperado encontrar en ella a una aliada, y se sintió inmensamente agradecido.

–Linda, no tienes ni idea de lo que estás diciendo –dijo Damon entre dientes–. Esto es algo entre Nash, quiero decir, Jake, y yo.

–Nash es mi segundo nombre –comentó Nash, como si eso lo redimiera.

Linda le posó una mano en el brazo a Damon.

–Sé que te sientes dolido, pero si te tragas el orgullo por unos minutos, te darás cuenta de que también lo está él. Y sigue siendo tu hijo. Piensa que no tenía por qué habértelo dicho.

Damon lanzó una mirada furibunda a Nash, que dijo:

–No quiero ponerte las cosas más difíciles, sino decir la verdad. Y lo he hecho. El siguiente paso depende de ti.

Nash era consciente de que Damon tenía que asimilar lo que acababa de descubrir.

Se produjo un cargado silencio durante el que

Damon siguió observándolo con incredulidad. Linda los miraba expectante.

—Ya sabes cómo localizarme —Nash se rascó la barbilla—. Yo no volveré a ponerme en contacto contigo.

Damon no dijo nada mientras él se encaminó hacia la puerta, pero había una última cosa que necesitaba decirle, a pesar de que sabía que lo dejaba en una posición aún más vulnerable. Asiendo el marco de la puerta se giró y miró a su padre, quizá por última vez:

—Por si sirve de algo, quiero que sepas que toda la vida me había preguntado cómo era mi padre, y que, aunque fue un golpe saber que eras tú, ahora no cambiaría los meses que he pasado a tu lado y al de las chicas por nada en el mundo.

Y con el pecho a punto de estallar, Nash salió de Stony Ridge, dejando atrás la familia a la que tanto había llegado a querer.

Pero si aquella parte ya había sido dolorosa, todavía le quedaba lo peor. La idea de hacer daño a Lily se le hacía insoportable. Ella se merecía saber la verdad de una vez para siempre. Y él se merecía que lo abandonara.

Por eso tenía que encontrar la manera de evitar que sucediera lo inevitable.

Capítulo Once

Pasar una semana separada de Nash le había resultado incluso más difícil de lo que había imaginado. A Lily le había encantado ir a ver a su madre, pero no había dejado de echar de menos al hombre del que se había enamorado. Y a los Barrington.

En las dos semanas que había pasado fuera, el vientre se le había redondeado levemente, lo bastante como para notarlo al pasar una mano sobre él. Aunque era casi imperceptible, estaba segura de que Nash también lo notaría.

Gracias a unas gafas de sol y a una indumentaria deportiva, había logrado pasar desapercibida. Hasta que anunciara su embarazo, debía evitar que la prensa lo averiguara.

La idea de hacerlo oficial para evitar las especulaciones era excelente. Empezaba la promoción de la película e Ian ya había concertado una entrevista en un conocido programa de televisión. Quizá para entonces tendría otra noticia que dar… como la de una sortija en el dedo.

Lily había adelantado el vuelo. Estaba ansiosa por que Nash viera que el bebé había crecido; quería que posara las manos en su vientre y compartir aquel momento con él.

Había alquilado un coche en el aeropuerto para darle una sorpresa a Nash, que pensaba que no llegaba hasta el día siguiente y había planeado ir a recogerla. Cuando aparcó junto a su ranchera, sonrió y apagó el motor.

La brisa mecía el columpio del porche. Aquella acogedora casa era perfecta para una familia. Cada vez que pensaba en su sofisticada casa de Los Ángeles, se reafirmaba en que no era el lugar apropiado para criar a un niño. En cambio aquel jardín era ideal para que un pequeño jugara, y era lo bastante grande como para pudiera poner un tobogán.

Aquella casa ya no representaba a Nash, sino su futuro. Aunque solo la tuviera de alquiler, ella quería quedarse.

Empezó a llover con fuerza. Corrió hacia la puerta, diciéndose que la maleta podía esperar. Estaba ansiosa por ver a Nash.

La puerta estaba abierta, en cuanto entró, percibió el olor característico del hombre al que amaba. Había echado de menos todo: su aroma, su cuerpo en la cama, la forma en que la abrazaba y la miraba, su empeño en darle de comer cuando no tenía hambre.

Y su cuerpo clamaba por él.

—Nash —llamó al entrar. Encendió una luz en el salón; empezaba a oscurecer—. ¡Estoy en casa!

Al oír pisadas procedentes del fondo de la casa, volvió hacia el vestíbulo. Al ver a Nash con su magnífico torso desnudo y llevando solo unos vaqueros, se quedó paralizada. Pero especialmente por el nuevo aspecto que presentaba, con el cabello corto y afeitado.

Su penetrante mirada resaltaba aún más que de costumbre. Tenía el cabello mojado, como si acabara de salir de la ducha. Se quedó inmóvil, con los brazos en jarras, tan sorprendido de verla como ella de la trasformación que había sufrido.

–Has vuelto antes de lo esperado –dijo él con el ceño fruncido–. ¿Pasa algo?

–En absoluto –Lily fue hasta él y, tomándole el rostro entre las manos, estudió al nuevo Nash.

–¿A qué se debe este cambio?

No era que le disgustara. El Nash con barba y pelo largo resultaba misterioso. El nuevo, de facciones marcadas y mentón firme, era sexy y enigmático.

–Tenía que hacerlo –contestó él, tomándole las manos y besándoselas antes de apoyarlas en su pecho–. Era el primer paso para recuperar mi posición, y para empezar a construir nuestro futuro.

Lily siguió observándolo, asombrada por la diferencia que podía hacer una barba. Pero también vio que había en su expresión una angustia que no recordaba haber visto antes de marcharse.

–Algo va mal –al notar que el corazón se le aceleraba, supo que estaba en lo cierto–. Cuéntamelo.

Nash le soltó las manos y, tomándola por la cintura, la atrajo hacia sí. Cuando abrió los ojos con sorpresa y bajó la mirada, Lily sonrió y dijo:

–He engordado un poco –se alzó la camiseta y le mostró el redondeado vientre.

Nash se arrodilló, apoyó la frente en Lily y le acarició el vientre. Ella enredó los dedos en su cabello y susurró:

–Te he echado tanto de menos…

Un trueno sacudió la casa y la lluvia golpeó los cristales con fuerza. Nash alzó la mirada con una expresión que revelaba una tormenta interior. Se puso en pie y abrazó a Lily contra sí.

–Y yo necesitaba tenerte –musitó, ocultando el rostro en su cuello.

Lily se abrazó a su cintura.

–Siempre me tendrás, Nash. No pienso ir a ninguna parte, pero tienes que abrirte a mí y admitir que nuestra relación se fortalece día a día.

Nash se echó hacia atrás. Un rayo iluminó su hermoso y turbado rostro.

–Lily, jamás he dudado de nosotros. Si no dije nada en su momento fue porque sabía que ibas a irte y me estaba protegiendo. Pero supe hasta qué punto me importabas desde el primer instante.

Lily tembló con el recuerdo de aquella ocasión, pero tenía la inquietante sensación de que Nash iba a decirle algo importante.

Nash se separó de ella y, pasándose los dedos por el cabello con gesto desesperado, continuó:

–Y es verdad que me he encerrado en mí mismo. Nunca quise involucrarte en la batalla que lidiaba conmigo mismo. Asumía que, una vez te fueras, no tenías por qué enterarte.

Lily sintió un escalofrío recorrerle la espalda. ¿Qué iba a confesar? ¿Estaba casado? ¿Tendría hijos? ¿Estaba enfermo? Las preguntas se agolparon en su mente hasta que creyó que iba a desmayarse. Asiéndose al respaldo del sofá, miró a Nash fijamente.

–Has dicho que Damon era tu padre –dijo–. ¿Me has ocultado algo más?

–Antes quiero que sepas que jamás quise que te vieras implicada en esto.

Lily se abrazó para contener los temblores que la sacudían. Sabía que, fuera lo que fuera lo que Nash iba a decirle era algo malo.

–También tienes que saber que te amo –continuó Nash–. Me enamoré de ti antes de que me dijeras que estabas embarazada. He querido decírtelo, quería que lo supieras.

Cuando dio un paso hacia ella, Lily retrocedió y alargó los brazos como barrera.

–¡No! No utilices palabras de amor para suavizar la bomba que estás a punto de soltar, ni creas que eso lo arregla todo. Has elegido muy mal momento para expresar unos sentimientos que llevo tiempo esperando que compartas conmigo.

Nash asintió y respiró, abatido.

–Tienes razón. Pero promete que me escucharás antes de tomar ninguna decisión.

–¡Dilo ya! –gritó Lily, aterrorizada.

Las luces titilaron cuando un rayo ilumino el cielo, seguido de un trueno.

–Mi verdadero nombre es Jacob Nash Roycroft. Casi todo el mundo me llama Jake –Nash tomó aire y terminó–: No soy mozo de cuadra sino dueño de una cuadra. Todo esto era una trama para espiar a Damon.

Lily miró atónita al hombre que, súbitamente, se estaba convirtiendo en un extraño.

—¿Por qué? —musitó.

—Damon Barrington es mi rival en los negocios —Nash bajó la mirada antes de volver a mirar a Lily—. Los dos poseemos caballos de carreras, y yo sabía que él y sus hijas iban a retirarse. Puesto que no quería venderme sus caballos, decidí hacerme pasar por otro para averiguar cómo conseguirlos. También quería saber qué clase de hombre era, porque no estaba seguro de decirle que era su hijo. Llevo todo este tiempo sin saber qué hacer. Antes de que me diera cuenta, te quería demasiado, y el temor a perderte me ha paralizado.

Lily recibió cada palabra como un golpe. Nash la había mentido desde el principio; tenía una cuadra propia, era rico… de pronto comprendía su actitud decidida, su bonita casa, la facilidad con la que había conseguido cita con el médico.

El profundo dolor que la recorrió la dejó fría. Todo había sido una mentira urdida por un hombre al que solo le importaba su propio interés; todo lo que había sentido era por alguien que ni siquiera existía.

—¡Eres un bastardo! —musitó, abrazándose. No pensaba mirarlo porque no quería darle la satisfacción de verla devastada.

—Puede que me llame de otra manera y que tenga más dinero del que pensabas —dijo, acercándose a ella–, pero sigo siendo yo, Lily, el hombre que quiere estar contigo y ser el padre de tu bebé –tomó la barbilla de Lily para que lo mirara–. Sigo siendo el hombre que te ama.

Lily no pudo contener el llanto por más tiempo. Si de verdad la amaba, no quería pensar cómo trataba a sus enemigos. Retirándole la mano bruscamente, se separó del sofá y se cuadró de hombros.

–No me toques. No vuelvas a tocarme en tu vida. No me amas, te amas a ti mismo. Dudo que seas capaz de amar, Nash… o como te llames.

Sentía que su corazón se rompía en mil pedazos.

–Escúchame.

–No –Lily no quería escuchar más mentiras–. Se acabó. ¿Y sabes qué es lo peor? –añadió, en un sollozo–. Que todavía te quiero. ¿Cómo has permitido que confiara en ti, sabiendo lo que sabías? ¿Cómo te has atrevido a hacerme el amor y a hacerme creer que formaríamos la familia que tanto anhelaba?

Nash la miraba suplicante, pero Lily ni quiso ni pudo compadecerse de él.

–Por favor, Lily. Haré lo que haga falta para que vuelvas a confiar en mí. Tú me has hecho cambiar, por ti he dicho la verdad a todo el mundo. Porque te amo y quiero estar contigo. Dime qué más puedo hacer y lo haré.

¿Cómo podía confiar en él cuando llevaba mintiéndole todo aquel tiempo? Nash estaba acostumbrado a conseguir lo que quería, y eso era lo que intentaba en aquel momento usando aquellas bonitas palabras.

—No puedo seguir aquí —dijo, empujando a Nash para ir hacia el vestíbulo.

Tomó las llaves del coche de alquiler, y ya tenía la mano en el pomo cuando Nash, o Jake, apoyó las manos a ambos lados de ella, atrapándola contra la puerta. El calor del pecho de Nash contra la espalda le hizo inspirar profundamente para aspirar su aroma. Aunque su corazón estuviera destrozado, sus hormonas todavía no se habían enterado.

—Podemos encontrar una solución —le susurró él al oído—. No puedo perderte.

Un rayo iluminó el cielo, las luces titilaron un par de veces y quedaron envueltos en una total oscuridad. Lily pensó que apenas hacía unos días habrían aprovechado para hacer el amor. En aquel instante, sin embargo, solo eran dos extraños. Al menos ella no conocía al hombre cuyo aliento podía sentir en la mejilla.

—Déjame ir —susurró con la garganta atenazada por la emoción—. Déjame.

Nash le posó una mano en el vientre.

—Jamás —dijo, rozándole el cuello con los labios—. Jamás dejaré ir a mi familia. Te daré espacio, haré cualquier cosa que me pidas, excepto dejarte. Te amo demasiado.

Lily sacudió la cabeza, tomó las manos de Nash por las muñecas y se la retiró.

—No lo comprendes —dijo, volviéndose hacia él. Sus bocas casi se rozaban—. Esto no puedes comprarlo ni con poder ni con dinero. Estás tratando con personas reales, con sentimientos reales. Espero que hayas conseguido los caballos que tanto deseabas.

Giró el pomo a su espalda y Nash dejó caer la mano.

—Y espero que haya valido la pena perdernos a mí y al bebé.

—No puedes salir con esta tormenta.

Lily soltó una carcajada.

—Prefiero mojarme que permanecer un solo segundo más con un hombre que cree que puede sostener mi corazón en una mano y sus secretos en la otra.

Jake estaba en el balcón de su dormitorio, contemplando sus posesiones. Había vuelto a su casa después de media noche, tras amainar la tormenta. No había podido permanecer en la casa de alquiler, donde cada habitación olía a Lily y le recordaba a ella. Los productos de belleza que no se había llevado seguían en el cuarto de baño, su ropa colgaba en el armario junto a la de él, y al lado de la puerta trasera se había dejado unas sandalias.

Su casa era su único refugio. Y en ella ya no tendría a Lily. La lluvia se había transformado en una suave llovizna, pero a Nash le daba lo mismo mojarse. No sentía nada. Ni la humedad, ni el vacío de su corazón, ni siquiera anhelaba ir a los establos a pesar de que había estado ausente varios meses.

No le quedaba nada. La misión de ir a ver a su padre y conseguir los caballos había terminado en una catástrofe de la que todo y todos habían salido dañados.

El dinero no iba salvarlo en aquella ocasión porque, como bien decía Lily, se trataba de seres humanos y de sentimientos, los mismos que había ignorado en su ansia por ser el número uno en el mundo de los negocios.

No concebía no volver a tocar a Lily, no tener su cuerpo contra el suyo, su dulce aliento cuando dormía…

Haría lo que fuera para recuperar a su familia. Había sabido cuánto iba a dolerle a Lily saber la verdad; lo que no había calculado era hasta qué punto le iba a resultar insoportable verla sufrir tanto.

Jake se quitó la ropa y se dio una ducha. Mientras el chorro de agua caliente le relajaba la espalda, Jake se preguntó cuánto tardaría Lily en volver a hablarle. Le daría tiempo, pero no pensaba darse por vencido, y de ningún modo estaba dispuesto a dejar ir a su hijo o hija.

Apoyó las manos en la pared y agachó la cabeza. No tenía ni idea de cómo recomponer todos los corazones que había dejado rotos a lo largo de su vida.

Capítulo Doce

Lily se sentía como una completa idiota. Al salir de casa de Jake, tres días atrás, solo había podido pensar en un sitio al que acudir: la casa de los Barrington. Y allí estaba en aquel momento, sentada en la cocina, bebiendo un zumo y preguntándose qué hacer.

–Cariño, vas a tener que comer algo –dijo Linda.

La habían acogido sin hacer preguntas. Y Damon le había dicho que podía quedarse tanto como quisiera.

Tessa y Cassie había acudido y le habían dejado ropa al saber que solo tenía lo que llevaba en la maleta.

Tenía que admitir que reponerse de un golpe con esa gente era un maravilloso contraste con lo que le hubiera pasado en Los Ángeles. Quizá podría esconderse allí hasta que consiguiera decidir qué hacer.

La doctora estaba a punto de llegar porque desde que había salido de casa de Jake no se encontraba bien. Tampoco había comido prácticamente nada. Ni podía dormir. Estaba en una cama desconocida, sola y con el corazón destrozado, pero no quería la compasión de nadie. Solo quería asegurase de que el bebé estaba bien y luego enfrentarse a Jake. Por mucho que temiera volver a verlo, debían hablar del bebé. Lo quisiera o no, él era el padre.

–Quizá una tostada –le dijo a Linda.

–Cuando se vaya la médica vas a comer de verdad –dijo esta poniendo una rebanada de pan a tostar–. Tienes que estar fuerte para el bebé y para enfrentarte a tu hombre.

–No es mi hombre.

Linda rio.

–Cariño, claro que sí. Ha cometido muchos errores, pero lo amas. Solo necesitáis un poco de tiempo. Estoy de acuerdo en que le hagas sufrir un poco, pero no tomes decisiones drásticas.

Lily bebió y, sonriendo, dijo:

–No creo que el dolor pase. Me ha mentido, Linda. Dos veces. No puedo perdonarlo.

La tostada saltó justo cuando Damon entraba en la cocina. Tenía el mismo aspecto abatido que Lily.

–Siéntate –le ordenó Linda–. Quiero hablar con los dos.

Damon permaneció de pie, cruzado de brazos.

–Di lo que tengas que decir. Quiero ir a los establos.

Con una completa calma, Linda fue hacia él, señalándolo con el dedo.

–Estás siendo un testarudo. Sé que Jake te ha hecho daño. Pero, ¿te has planteado qué habrías hecho tú en su situación? ¿Le habrías abierto tu corazón a tu mayor enemigo? No, habrías actuado como él.

Lily sintió un nudo en el estómago. ¡Cuánta gente estaba sufriendo porque Jake había hecho lo único que creía posible!

–Es posible –admitió Damon–. Pero no hablamos de mí –se volvió hacia Lily–. ¿Qué hay de ella? ¿Cómo se justifica que le mintiera?

Linda dio un paso hacia Damon con mirada comprensiva.

–Lily ha quedado atrapada en un drama familiar. Jake la ama. Lo he visto en su mirada. Como también ha terminado amándote a ti. Jake está sufriendo, Damon. ¿No puedes tenderle la mano? No puedes olvidar que es tu hijo.

Lily se cubrió el vientre con las manos. Ojalá aquella pesadilla terminara. Ojalá Jake hubiera confiado en ella. Pero no lo había hecho.

–¿Por qué te empeñas en defenderlo? –preguntó Damon.

Encogiéndose de hombros, Linda llevó el vaso vacío de Lily al fregadero.

–Solo soy una observadora, y veo que la gente a la que quiero está sufriendo. Esta familia está muy unida y la vida es corta. Tú deberías saberlo mejor que nadie.

Lily se estremeció al ver que Damon agachaba la cabeza e intentaba controlar sus emociones.

En ese momento llamaron a la puerta, y Lily se ofreció a abrir.

–Voy a abrir. Debe de ser la doctora –dijo, saliendo de la cocina.

Estaba ansiosa por confirmar que el bebé estaba bien, por oír el latido de su corazón. Esa era su prioridad. Su vida amorosa, o la que había creído ser su vida amorosa, tendría que quedar relegada. El bebé estaba por encima de las mentiras, los engaños y el dolor.

Lily cruzó la gran verja flanqueada por dos pilares de piedra y tomó el camino de acceso a la puerta principal.

Con manos temblorosas condujo el coche hacia la impresionante casa.

Los caballos estaban sueltos, un viejo roble dominaba el jardín delantero, y un columpio que colgaba de su rama más baja llamó la atención de Lily. ¿Por qué tendría un columpio si no tenía hijos?

Pensó en dar media vuelta. Pero tenían que hablar porque, lo quisiera o no, estaban vinculados de por vida y Jake debía saberlo. Y, por otro lado, Lily necesitaba su ayuda.

Llamó a la puerta. Una joven de unos treinta años con cabello dorado y ojos verde esmeralda abrió con una amplia sonrisa. Lily sintió una instantánea punzada de celos.

–Un momento, ¿no eres Lily Beaumont?

–Así es –dijo Lily–. ¿Está Jake?

–Está en el establo –dijo la mujer, señalando a un lado–. Nos ha dicho que, si venías, te lo dijéramos.

Lily se enfureció.

–¿Ah, sí? –enarcó una ceja–. Gracias.

Dando media vuelta, fue con paso firme hacia el

establo. Hacía un calor insoportable. En cuanto dijera lo que tenía que decir, volvería al aire acondicionado de su coche y se le pasaría el mareo. Pero intentar que la tensión arterial no le subiera era complicado. ¿Cómo podía ser tan arrogante y tan engreído?

El ataque de rabia se desvaneció en cuanto vio a Jake con el torso desnudo y sudoroso, limpiando el establo. Que él no la viera le dio unos segundos para observarlo y admirar su belleza. Estar enfadada con él no implicaba que no siguiera encontrándolo el hombre más sexy del mundo.

Se detuvo a mitad de pasillo y, cruzándose de brazos, preguntó:

−¿No tienes empleados que hagan ese trabajo?

Jake se volvió bruscamente, prácticamente tropezando con la horqueta. Tenía la respiración agitada por el ejercicio.

−¿Qué haces aquí?

−¿Por qué te haces el sorprendido si le habías avisado a esa guapa rubia de que igual venía? −preguntó Lily, airada. Y se arrepintió al instante de dejar entrever sus celos.

−Es mi sirvienta −dijo él con un brillo en los ojos.

−Me da lo mismo lo que sea −Lily puso los ojos en blanco−. Me da lo mismo lo que hagas en tu tiempo libre.

−Mientes −dijo él, dejando la horqueta en un cubículo−. Si no te importara, no estarías aquí.

El ego que antes Lily encontraba tan atractivo de pronto la sacó de quicio. Dio unos pasos adelante.

–Te equivocas. Estoy aquí porque acaban de hacerme una revisión –Lily entrelazó los dedos por debajo del vientre–. Sigo teniendo la tensión demasiado alta y debo tomar medidas para bajarla. La doctora está un poco preocupada y quiere verme dentro de dos semanas.

–¡Maldita sea! –Jake se pasó la mano por el cabello–. Sé que en parte soy responsable. ¿Qué puedo hacer para ayudarte?

La preocupación que vio en el rostro de Jake estuvo a punto de conmoverla, pero Lily sabía que solo se debía a su bebé.

–No he venido por tu ayuda –dijo ella–. Vengo a pagarte lo que te gastaste en la doctora.

–¡Ni hablar! –Jake fue hacia ella hasta quedarse a unos centímetros–. ¡Estás hablando también de mi hijo!

–Suponía que dirías algo así –Lily intentó dominar la sensación de mareo cerrando un momento los ojos–. Al menos quiero pagar la mitad.

–Yo cuido de mi familia –gruñó él–. Cuanto antes lo sepas, mejor.

Lily se secó el sudor de la frente.

–¿Me das un poco de agua?

Jake posó las manos en sus hombros. Luego le retiró el cabello de la cara y la miró fijamente.

–¿Estás mareada?

Lily solo pudo afirmar con la cabeza y cerrar los ojos. Antes de que se diera cuenta, Jake la tomaba en brazos y salía con ella del establo.

–Solo necesito agua. Estoy bien.

Jake entró en la casa y la llevó hasta un salón, donde la dejó sobre un amplio sofá. El aire acondicionado hizo que Lily se sintiera mejor de inmediato.

Notó hundirse el almohadón a su lado, y Jake le puso la mano primero en el vientre y luego en el cuello.

—Tienes el pulso muy acelerado —comentó.

—Es solo por el calor —dijo Lily, ignorando la revolución hormonal que le provocaba sentir los dedos de Jake—. En cuanto beba agua me sentiré mejor.

—¿Qué has comido hoy?

Lily apoyó la cabeza en una mano y miró a Jake.

—Un zumo de naranja y una tostada hace unas horas.

—Mamá ha dicho que querías agua.

Lily vio aparecer detrás de Jake a un niño con el cabello rubio, que le tendía una botella.

—Gracias, colega.

El niño sonrió. Le faltaban un par de dientes.

—Hola —le dijo a Lily—. Soy Tyler.

Lily sonrió. Era un niño encantador. ¿Qué relación tendría con Jake?

—Tyler es el hijo de Liz —explicó Jake, como si le leyera el pensamiento.

—Hola, Tyler. Soy Lily —tomó la botella y se incorporó un poco a la vez que la abría—. Muchas gracias.

—De nada —contestó el niño. Y se fue corriendo.

Lily bebió. Tenía que marcharse de casa de Jake antes de hacer las preguntas que se agolpaban en su mente.

Cuando cerró la botella, Jake se la quitó de la mano y la dejó sobre la mesa.

–Échate. Voy a por algo de comer.

Lily sacudió la cabeza.

–No voy a quedarme, Jake. Solo quería pagarte y decirte lo de la cita con la doctora. No pienso guardar secretos.

Jake hundió los hombros.

–Me lo merezco.

Lily rio.

–¡Te equivocas, Jake, todavía no has empezado a recibir lo que te mereces!

–Di lo que tengas que decir y pregunta lo que quieras –dijo él, alzando la barbilla–. No me dejes al margen.

Lily temía no saber parar una vez empezara.

–Lo nuestro ha sido una mentira –dijo finalmente–. Por mucho que quisieras haber hecho las cosas de otra manera, lo cierto es que elegiste ocultarnos la verdad a Damon y a mí. No puedes decir que te importamos cuando has estado dispuesto a herirnos tan profundamente.

Jake la observó. Estar tan cerca de él y oler su fragancia era una tortura para Lily. Echaba de menos al hombre que había conocido. El que tenía ante sí era un desconocido millonario... pero también era el hombre del que se había enamorado.

Jake se puso en pie bruscamente y salió de la habitación, dejando a Lily desconcertada. ¿No iba a pelear? ¿Eso era todo lo que iba decir? Unos segundos más tarde volvió y se quedó de pie junto al sofá.

–Sé que me odias y que no quieres saber nada de mí. Pero quiero hacerte una proposición.

–Supongo que bromeas.

Jake se sentó de nuevo a su lado y le tomó las manos. Lily intentó ignorar cómo se le aceleraba el corazón, y reprimió el impulso de retirarlas porque no quería resultar infantil. Le escucharía, aunque para poder mantener su corazón protegido necesitara que Jake dejara de tocarla.

–¿Dónde has pasado estos días? –preguntó él.

–En Stony Ridge.

–Lo suponía –masculló Jake–. Quiero que te quedes aquí.

–Ni hablar.

–Dame una semana –suplicó Jake–. Una semana para que te muestre quién soy. Si después de siete días sigues sin querer saber nada de mí, puedes marcharte. Formaré parte de la vida de nuestro bebé, pero no te acosaré. Solo quiero que conozcas al hombre en el que me he convertido, el hombre que te ama y que no se parece en nada al egocéntrico y obsesivo que llegó a Stony Ridge.

Lily tenía que decirle el resto de la información que le había dado la doctora, pero no soportaba tener que pedirle un favor.

Al ver que guardaba silencio, Jake le apretó las manos.

–Escucha tu corazón, Lily –musitó–. Solo te pido una semana. Deja que cuide de ti y que te demuestre cómo podrían ser las cosas entre nosotros sin secretos ni mentiras.

–La doctora también ha dicho que debo descansar y dejar que me cuiden. No puedo abusar de la hospitalidad de los Barrington, así que no tengo más remedio que aceptar. Eso no quiere decir que vayamos a retomar la relación donde la dejamos.

Liz apareció en aquel momento y dejó sobre la mesa un plato y un vaso. Jake le dio las gracias y Lily no pudo evitar reírse.

–¿Tostada con queso fundido y batido de chocolate? –preguntó, arqueando una ceja.

–Tu comida favorita –dijo él, sonriendo.

¿Por qué tenía que ser tan encantador? Lily se recordó que era el mismo hombre que la había traicionado y que utilizaría cualquier táctica para conseguir sus objetivos.

–Tú no me debes nada –continuó él como si no hubieran sido interrumpidos por Liz–, pero yo quiero dártelo todo.

Era evidente que hablaba en serio y que no cedería. Lily pensó que ya no tenía el poder de romperle el corazón porque ya lo tenía destrozado.

–No voy a dormir en tu cama –dijo, sosteniéndole la mirada. Al ver que este iba a protestar, añadió–: No es negociable.

–Está bien. Pero ¿de verdad crees que eso es posible? –Jake se inclinó y le besó los labios delicadamente–. ¿Quién miente ahora?

Luego se puso en pie, le puso el plato en el regazo a Lily y salió. Lily sintió un cosquilleo en los labios y maldijo su cuerpo al sentir el calor que lo recorría y que la dejaba anhelante.

Capítulo Trece

Lily había elegido el dormitorio del extremo del pasillo opuesto al de Jake, lo más alejado posible del de él.

Había pasado el primer día, así que solo le quedaban seis para irse. La idea de volver a Los Ángeles la alegraba y la preocupaba a partes iguales. Le apetecía hacer la película, pero no tenía el menor interés en volver al mundo superficial de Hollywood.

Se duchó y se puso el vestido que Jake le había ayudado a elegir. Se recogió con un gancho el cabello mojado, se puso unas chanclas y bajó la escalera. Antes de que llegara a la planta baja, sonó el timbre de la puerta. Al bajar el último peldaño, Lily miró hacia el vestíbulo y vio a Damon, con aspecto nervioso, mirando a su alrededor. ¿Habría ido a hablar con Jake? Lily se quedó al pie de la escalera, inmóvil, y oyó los pasos de Jake.

—¡Damon, qué sorpresa! —dijo a modo de saludo.

—Siento venir tan temprano —contestó Damon—. ¿Podemos hablar en privado?

Jake asintió.

—Vayamos al salón. ¿Le digo a Liz que ponga otro plato a la mesa?

Lily se aferró a la barandilla, diciéndose que debía subir y dejar de escuchar la conversación. Pero no se movió.

–No puedo quedarme –replicó Damon.

Jake lo precedió al salón. Lily se sentó en el peldaño y se asió a la barra de la barandilla. Damon solo podía estar allí por uno de dos motivos: o iba a perdonar a Jake o a despedirse de él para siempre. Y Lily no puedo evitar que se le encogiera el corazón. Por más fuerte y seguro de sí mismo que fuera Jake, acabar de descubrir a su padre y perderlo podía destrozarlo.

–No sé si alegrarme o lamentarme de que hayas aparecido en mi casa.

Damon dejó escapar una risita. Aunque no podía verlos, Lily lo imaginó sacudiendo la cabeza, tal y como le había visto hacer cuando reía.

Se produjo un silencio en el que la tensión aumentó. Finalmente Damon dijo:

–Para serte sincero yo mismo no sé lo que pienso –admitió Damon–. Llevo unos días reflexionando. Tengo que admitir que no aguanto que me tomen por tonto, y que no soporto que me engañaras sin que yo sospechara en ningún momento de ti.

–Damon…

–Deja que termine.

Lily tomó aire y se abrazó la cintura.

–Hemos sido adversarios durante mucho tiempo e imagino el golpe que representó averiguar que era tu padre. Sé que has actuado por miedo, pero también sé que te motiva la ambición. ¿Cómo puedo culparte por lo que has heredado de mí?

–Aun así, me he comportado mal –dijo Jake con tono grave–. Desde el momento en que tú, las chicas y Lily empezasteis a importarme, debería haberos dicho algo.

–Eso es cierto –dijo Damon–. Pero no lo hiciste y eso no tiene remedio. Soy de la opinión de que todo el mundo merece una segunda oportunidad, y creo que haber pasado treinta años sin mi hijo es suficiente. La vida es corta.

Lily habría querido saber qué pasaba en el silencio que se produjo tras aquellas palabras, pero pensó que ya había escuchado demasiado. Tan sigilosamente como pudo, subió las escaleras, volvió a su dormitorio y, apoyándose en la puerta, se deslizó hasta el suelo.

Damon parecía haber aceptado plenamente a Jake, olvidando sus mentiras y errores. Lily no estaba segura de poder ser tan generosa. Solo llevaba unos días con Jake y peleaba con sus emociones a cada momento. Un segundo quería hablar con él e intentar encontrar una manera de superar el dolor y al siguiente quería marcharse, entre otras cosas porque no confiaba en sus propios sentimientos.

Las siestas durante el embarazo se habían convertido en una bendición. Lily estaba cansada por su estado, pero también por la montaña rusa emocional en la que estaba sumida, y por la preocupación respecto a su bebé.

Sexualmente, estaba frustrada. Deseaba a Jake

por más enfadada que estuviera con él. Le había dado espacio y no la había tocado en ningún momento, y eso mismo la estaba volviendo loca.

Ni siquiera le había mencionado la visita de Damon de un par de días atrás. ¿No pensaba compartirlo con ella?

Cuando entró en el salón, el antiguo reloj de péndulo dio las cuatro. Había dormido mucho más de lo que creía.

Lily se acercó a ver las fotografías que había sobre la repisa de la chimenea. Jake aparecía en ellas, con su madre, con jinetes, con caballos. Y en todas sonreía.

Desde el jardín delantero llegó el murmullo de risas y gritos. Fue hasta la ventana y entreabrió la cortina. Tyler estaba en el columpio y Jake lo empujaba.

La escena la emocionó a su pesar. Jake abrazaba a Tyler desde atrás antes de volver a empujarlo con fuerza. La amplia sonrisa que iluminaba el rostro de Jake bastaba para saber hasta qué punto disfrutaba con el juego.

Iba a ser un padre increíble. Lily estaba segura de ello. Pero también se preguntó cuál era la naturaleza de la relación que unía a Jake con su sirvienta y el hijo de esta.

Liz apareció súbitamente a su lado.

—Tyler lo adora.

—El sentimiento parece ser mutuo —contestó Lily.

—Jake ha sido una gran influencia en Tyler desde que mi marido murió.

–Lo siento mucho –dijo Lily, volviéndose hacia ella.

Liz sonreía con melancolía sin dejar de mirar a su hijo.

–Mi marido trabajó aquí varios años. Cuando murió en un accidente, hace cuatro años, Jake me ofreció que trabajara para él. Sé que solo lo hizo por cuidar de nosotros, y nunca podré agradecérselo lo suficiente.

Lily se amonestó por haber albergado falsas sospechas. Jake era un hombre de muchas facetas. Quizá alguna no era buena, pero aparte de las mentiras era noble. ¿Cómo podía haberse obsesionado tanto con un caballo como para actuar como lo había hecho? ¿Le importaba hasta tal punto el dinero?

–Sé que no debería meterme donde no me llaman –dijo Liz, volviéndose hacia Lily–. Pero por si sirve de algo, eres la primera mujer que Jake trae a casa. Y se nota que le importas mucho.

–Lo sé –dijo Lily–. Aunque me temo que no ha sabido demostrármelo.

Liz asintió con la cabeza y sonrió.

–Solo te digo que le des una oportunidad. Lo único que hace es trabajar o ir a ver a su madre. Pero contigo es diferente. Y aunque me odiaría si me oyera decirte esto, lo cierto es que contigo se muestra vulnerable.

–Se ve que lo quieres mucho –dijo Lily, conmovida.

–Sí, pero no como tú. Mi marido trabajaba para

él y se hicieron amigos. Para mí es un buen amigo y un héroe, porque lo fue cuando Tyler y yo necesitamos apoyo.

Un héroe. Lily volvió a mirar a Jake, que la había herido tan profundamente que no estaba segura de poder perdonarlo, y que sin embargo, era el héroe de Tyler.

–Tengo que volver a la cocina. Solo quería que supieras que Jake te ama. Es un hombre poderoso pero lo has puesto de rodillas. Eres tú quien tiene el poder.

Cuando las pisadas de Liz dejaron de oírse, Lily dejó caer la cortina, salió al porche y se sentó en uno de los columpios que ocupaba uno de los extremos. Recogió las piernas bajo el trasero y, apoyando el brazo en el respaldo, descansó la cabeza en la mano y se dejó mecer mientras seguía observando la escena sin ser vista por los protagonistas

Jake le había pedido que se quedara para mostrarle quién era de verdad, y Lily tenía que admitir que empezaba a vislumbrar capas más profundas del hombre del que se había enamorado. Pero ¿conseguiría librarse del temor de que volviera a mentirle?

Un leve hormigueo en el estómago hizo que bajara la mirada y se llevara la mano al vientre. La extraña sensación se repitió y Lily supo que era el bebé. Moviéndose.

Cuando alzó la mirada, sonriendo, se encontró con la de Jake. Tyler saltó del columpio y fue hacia la parte trasera, mientras que Jake fue hasta ella, se sentó a su lado y, tomándole las piernas, se las puso en el regazo.

—Por favor —dijo en cuanto notó que Lily hacía ademán de incorporarse—. Finjamos que es un día normal y que disfrutamos de la brisa de la tarde —dijo, asiéndole los tobillos.

—Ni somos normales ni esto es una tarde normal en familia —susurró ella.

Jake ladeó la cabeza y la miró con ojos brillantes al tiempo que le acariciaba los tobillos.

—Siempre dices que cuando no estás actuando quieres vivir una vida corriente. Relájate, Lily. Ninguno de los dos tiene que fingir.

Como si fueran una pareja. Pero Lily no tenía energía para discutir.

—Creo que he notado al bebé moverse hace un momento.

Jake sonrió de oreja a oreja.

—¿Qué se siente? —preguntó, subiendo la mano mecánicamente por la pierna de Lily, antes de detenerse.

—Como si alguien me hiciera cosquillas —explicó Lily—. Ha pasado un par de veces mientras os miraba a Tyler y a ti.

—¿Cuánto tiempo has pasado aquí?

—El bastante como para ver que tenéis un vínculo muy especial.

—Lo quiero mucho —dijo Jake sin titubear—. Haría cualquier cosa por él.

—Liz me lo ha contado todo —dijo Lily—. Debe ser terrible criar un hijo sola.

La ironía de la situación la golpeó, impulsándola a ponerse en pie. Fue hasta el borde del porche y se apoyó en la valla blanca que lo bordeaba.

—Tú no vas a estar sola —dijo Jake, acercándose y tomándola de la cintura por detrás—. Pase lo que pase entre nosotros, jamás desatenderé a nuestro bebé ni permitiré que te sientas sola.

Lily apoyó la cabeza en el pecho de Jake y suspiró.

—No hay un «nosotros», Jake —musitó—. No sé si puedo arriesgarme a que vuelvas a hacerme daño... No lo superaría.

Los ojos se le llenaron de lágrimas. Cerró los ojos mientras Jake extendía las manos por su vientre.

—No voy a darme por vencido, Lily —le susurró él al oído—. Ni voy a permitir que tú te des por vencida.

Por más que Lily quisiera rechazarlo y demostrárselo con actos, se apoyó más en su pecho mientras una lágrima se le deslizaba por la mejilla

—No pienso apoyarme en ti —dijo, sorbiéndose la nariz—. No soy débil y no te necesito. Solo estoy cansada.

Acariciándole el vientre con delicadeza, Jake le besó la sien y dijo:

—Lo sé, cariño, lo sé.

Jake hizo girar el whisky en la copa. Beber no le estaba ayudando a relajarse.

No tocarla durante los días que llevaban juntos le había demostrado que tenía una capacidad de contención de la que no era consciente. Pero ser testigo en el porche de lo rota que estaba había estado a punto de acabar con él. El daño que le había causado era imperdonable, y aun así, que Lily se hubiera apoyado en él por un momento le había dado un rayo de esperanza. Tal y como se encontraba, tenía que asirse a cualquier cabo que le tendiera.

Ya eran las once y no había vuelto a verla. Imaginarla dormida, con su oscuro cabello extendido sobre la blanca almohada le hizo apretar el vaso con fuerza antes de dejarlo con un golpe seco sobre el escritorio.

Solo tenía una oportunidad con ella si le contaba todo sobre su vida y sus sentimientos. Necesitaba que creyera que había cambiado, que ella era lo primero y que no dejaría que nada volviera a interponerse entre ellos. No podía dejar pasar más tiempo sin decirle lo importante que era para él.

Se detuvo ante su puerta y llamó con los nudillos mientras intentaba ignorar los nervios que lo consumían. Si se acobardaba, perdería a la mujer y al hijo que amaba.

Oyó girarse el pomo justo antes de que la puerta se entornara y apareciera Lily.

—¿Puedo pasar? —cuando Lily titubeó, Jake añadió—: Tengo algo que decirte.

Temió que cerrara la puerta. Pero finalmente, Lily abrió la puerta.

—Espero no haberte despertado —dijo él al ver la cama deshecha.

—No estaba dormida —dijo ella, sentándose en el borde.

Jake se quedó paralizado.

–Damon vino el otro día –dijo–. Hemos quedado en darnos una oportunidad.

–Lo sé. Oí parte de la conversación. Siento haber escuchado, pero justo bajaba la escalera.

–No importa –Jake sonrió–. Me dijo que las chicas estaban disgustadas. Damon me ha invitado este fin de semana a cenar.

La sonrisa de Lily fue como un destello de luz para Jake.

–Me alegro mucho por ti, Jake.

–Me preguntó si vendrías.

Lily abrió los ojos con sorpresa antes de bajar la mirada.

–No creo que sea una buena idea.

–Le dije que lo decidirías tú. No pensaba decírtelo para que no creyeras que intentaba coaccionarte.

–¿Y no lo estás haciendo? –preguntó ella.

–No –Jake sacó las manos de los bolsillos y se frotó la nuca–. Dije que te daría espacio, y hacerlo sabiendo que te tengo tan cerca es lo más difícil que he hecho en mi vida.

–Lo sé –musitó ella.

Jake dio dos pasos hacia adelante.

–Dime que te das por vencida –dijo–. Dime que prefieres vivir sin mí que pelear por nosotros.

A Jake no le pasó desapercibido su trémulo suspiro y la forma en que los dedos se le curvaron recogiendo la sábana. Tomó su silencio por una invitación y, aproximándose, se arrodilló ante ella y le tomó las manos.

—Dime que no me vas a dar una oportunidad —continuó—. Porque yo no voy a darme por vencido mientras crea que hay una mínima esperanza.

Los ojos de chocolate de Lily se humedecieron.

—No puedo decirte eso.

Jake sintió un inmenso alivio, pero no estaba seguro de lo que Lily quería decir.

—Sé que tenemos que esforzarnos mucho —siguió—. Sé que no merezco nada y que pido todo. Te quiero en mi vida, Lily. Quiero que seamos una familia. Me da igual si es en Los Ángeles o aquí. Tú decides.

—Tengo miedo, Jake. Nunca había amado tanto ni había sufrido tanto por amor.

Inclinándose hacia adelante, Jake le soltó las manos y, abrazándola por la cintura, se miró en sus llorosos ojos.

—Yo tampoco he amado nunca así. Eso no compensa el dolor que te he causado, pero te puedo jurar que jamás volveré a hacerte daño. Quiero vivir para amarte, Lily. Quiero ser el marido que te mereces y el padre que se merecen nuestros hijos.

Lily le enredó los dedos en el cabello.

—Corro un enorme riesgo si te vuelvo a abrir mi corazón.

—El mío está en tus manos —dijo Jake—. Mi vida sin ti no tiene sentido. Te amo, Lily. No puedo soportar la idea de perderte.

La sonrisa que le curvó los labios a Lily hizo que las lágrimas rodaran por sus mejillas.

—Yo también te amo, Jake.

Todo rastro de tensión y miedo abandonó el cuerpo de Jake al tiempo que este descansaba la frente sobre el bebé. Lily le acarició el cuello y aspiró su familiar aroma.

—Jamás te ocultaré nada —musitó Jake, alzando la cabeza.

—Lo sé. Quiero que nos demos una oportunidad —Lily le miró fijamente a los ojos y su corazón se hinchió al ver el amor con el que centelleaban—. Pero tengo una condición.

—¿Cuál?

Lily tomó el rostro de Jake entre las manos.

—¿Y si fueras un poco más desaliñado? ¿Por qué no dejas de afeitarte unos días?

—Como quieras. Además, voy a estar demasiado ocupado como para afeitarme.

—¿Ah, sí? —Lily enarcó las cejas—. ¿Y a qué te vas a dedicar?

Jake le deslizó las manos por los brazos a Lily hasta los tirantes del camisón.

—Pienso mantenerte en la camas.

Lily se estremeció.

—Lo cierto es que la doctora me dijo que descansara...

Jake le bajó los tirantes y le cubrió los senos con las manos.

—Y vas a descansar. Puedes relajarte y dejar que yo cuide de ti.

Lily dejó caer la cabeza hacia atrás y se arqueó contra sus manos.

—Siempre tienes unas ideas fantásticas.

Epílogo

El jardín estaba tan impecable como siempre. El sol resplandeciente de la mañana iluminaba la íntima ceremonia. El guapo novio sujetaba la mano de la novia, y ambos se sonreían, arrebatados. Era una boda sencilla. Solo la familia rodeaba a la feliz pareja.

Jake tomó la mano de Lily y se la apretó al ver que se secaba unas lágrimas.

–Te amo –musitó, acariciándole el vientre con la otra mano–. Estoy deseando que seas mi esposa.

Lily apoyó la cabeza en su hombro mientras el cura declaraba a la pareja marido y mujer.

Damon besó a la novia, sellando su compromiso con Linda. Además de Lily, estaban Tessa, Grant, Cassie, Emily, e Ian. Las chicas, junto con Lily, se habían encargado de todo para que Linda, por una vez, no tuviera que hacer nada y pudiera disfrutar de su día.

Cuando se pusieron en pie, Jake abrazó a Lily y dijo de nuevo:

–Estoy ansioso por hacerte mi mujer el próximo fin de semana.

Habían decidido retrasar sus planes para no quitar protagonismo a Damon y a Linda. También habían decidido celebrar la boda diez días antes de la primera entrevista de Lily para que pudiera anunciar al mismo tiempo el matrimonio y el embarazo. Acababan de confirmar que se trataba de una niña, tal y como habían intuido desde el principio.

Los dos habían coincidido al instante en el nombre: Rose. Después de todo, era la mujer por la que, en cierta manera, Lily había ido a Stony Ridge y por la que se habían conocido.

Habían visitado a la madre de Jake, y Lily y ella se habían llevado magníficamente. Lily estaba feliz por cómo crecía su familia, por cómo la habían acogido los Barrington.

Damon y Jake estaban planeando juntos la siguiente temporada de carreras. Que las chicas se hubieran retirado no significaba que Damon también quisiera hacerlo, y menos cuando tenía un hijo para ocuparse de Don Pedro.

Linda y Damon los abrazaron de uno en uno. La felicidad sonreía a la familia. Todas las parejas habían tenido que superar obstáculos que habrían acabado con muchas otras.

Con tres nuevos niños para ampliar el clan Barrington, Lily tenía la certeza de que aquel era el inicio de una gran dinastía.

EL COLOR DE TUS OJOS

NATALIE ANDERSON

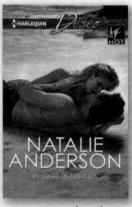

Tener una aventura con el guapísimo campeón de snowboard Jack Greene no encajaba en el comportamiento habitual de Kelsi. Pero su traviesa sonrisa le hizo tirar por la borda toda la prudencia... ¡además de la ropa!

Sin embargo, un embarazo inesperado la dejó fuera de combate. No podían hacer peor pareja. Jack adoraba vivir el presente, mientras que ella buscaba la estabilidad. Aunque era difícil mantener los pies en la tierra tras haber conocido al hombre capaz de poner su mundo cabeza abajo.

Medalla de oro en la nieve y en la cama

¡YA EN TU PUNTO DE VENTA!

Acepte 2 de nuestras mejores novelas de amor GRATIS

¡Y reciba un regalo sorpresa!

Oferta especial de tiempo limitado

Rellene el cupón y envíelo a
Harlequin Reader Service®
3010 Walden Ave.
P.O. Box 1867
Buffalo, N.Y. 14240-1867

¡Sí! Por favor, envíenme 2 novelas de amor de Harlequin (1 Bianca® y 1 Deseo®) gratis, más el regalo sorpresa. Luego remítanme 4 novelas nuevas todos los meses, las cuales recibiré mucho antes de que aparezcan en librerías, y factúrenme al bajo precio de $3,24 cada una, más $0,25 por envío e impuesto de ventas, si corresponde*. Este es el precio total, y es un ahorro de casi el 20% sobre el precio de portada. !Una oferta excelente! Entiendo que el hecho de aceptar estos libros y el regalo no me obliga en forma alguna a la compra de libros adicionales. Y también que puedo devolver cualquier envío y cancelar en cualquier momento. Aún si decido no comprar ningún otro libro de Harlequin, los 2 libros gratis y el regalo sorpresa son míos para siempre.

416 LBN DU7N

Nombre y apellido	(Por favor, letra de molde)	
Dirección	Apartamento No.	
Ciudad	Estado	Zona postal

Esta oferta se limita a un pedido por hogar y no está disponible para los subscriptores actuales de Deseo® y Bianca®.
*Los términos y precios quedan sujetos a cambios sin aviso previo.
Impuestos de ventas aplican en N.Y.

SPN-03   ©2003 Harlequin Enterprises Limited

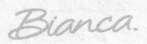

Su ansia de venganza se transformó en ansia de pasión

Durante más de una déca-
da, Nicandro Santos, here-
dero de una famosa firma
de diamantes, había vivido
con el único propósito de
infiltrarse en Q Virtus, un
club exclusivamente mas-
culino, y arruinar a su líder,
Zeus.

Lo que Nicandro no sabía
era que Olympia Merisi, la
hija de su enemigo, era
quien estaba al mando.
Olympia tenía sus motivos
para mantener a Nicandro
cerca, y no estaba dispuesta a detenerse ante nada
para proteger lo que era
suyo. Pero ¿qué sucedería
si el frente de batalla se di-
fuminara y se adentraran
en un terreno más peligro-
so… y sensual?

Más allá de la venganza

Victoria Parker

Deseo

PERLAS DEL CORAZÓN

EMILY McKAY

Como heredera de una familia conocida por sus escándalos, Meg Lathem siempre había mantenido las distancias. Pero su hija necesitaba una operación quirúrgica urgente, de modo que debía tomar una decisión: pedir ayuda al infame padre de su hija, Grant Sheppard, o a su propia familia, los temidos Cain.

Grant tenía un motivo oculto cuando se acostó con Meg por primera vez: vengarse de su padre, Hollister Cain. Sin embargo,  ante la noticia de su inesperada paternidad y la enfermedad de su hija, descubrió que sus sentimientos por Meg iban más allá de una mera venganza.

La heredera perdida volvió con
un secreto que lo cambió todo